무공을 배운 자

목마 퓨전 판타지 장편소설

WISHBOOKS FUSION FANTASY STORY

무공을 배우다 12

목마 퓨전 판타지 장편소설

초판 1쇄 찍은 날 | 2020년 5월 14일
초판 1쇄 펴낸 날 | 2020년 5월 21일

지은이 | 목마
펴낸이 | 예경원

기획 | 위시북스
편집책임 | 이은송
편집 | 위시북스

펴낸곳 | 예원북스
등록번호 | 제396-2012-000132호
등록일자 | 2012. 7. 25
KFN | 제1-535호

주소 | 경기도 고양시 일산동구 호수로 646-24 위너스21II빌딩 206A호 (우)10401
전화 | 031-819-9431 팩스 | 031-817-9432
E-mail | yewonbooks@naver.com

ISBN 979-11-365-2630-4 04810
979-11-6424-342-6 (set)

※ 이 도서의 국립중앙도서관 출판시도서목록(CIP)은 서지정보유통지원시스템 홈페이지(http://seoji.go.kr)와 국가자료공동목록시스템(http://www.nl.go.kr/kolisnet)에서 이용하실 수 있습니다.

Wish Books
무공을 배우자
12
목마 퓨전 판타지 장편소설
WISHBOOKS FUSION FANTASY STORY

무공을 배우다

CONTENTS

1장
무언가 있었다

여자를 만나러 가는 것이 아니냐며 한참이나 닦달한 사라를 떼어놓고 오는 것은 고역이었다.

해보지도 않은 갈비찜을 직접 만들어 먹여주는 것으로 기분을 좋게 하기는 했지만, 정작 다음 날이 되니 언제 그랬냐는 듯이 또 들들 볶는다.

차라리 같이 가면 의심받을 여지도 없고 좋을 텐데, 혼자 오라는 문자 내용 때문에 사라를 데리고 갈 수도 없었다. 누군가 싫어서 연락을 해보아도 없는 번호라고만 나온다.

'함정?'

서울 한복판, 그것도 100층이 넘는 호텔에서? 만약 함정이라면 호화롭기 짝이 없는 함정 아닌가.

놀러 와본 적도 없는 롯데 타워, 로비에서 안내를 받고 엘리베이터를 타는 중에 그런 실없는 생각을 했다.

어쩌면 정말 함정일지도 모르지만, 크게 걱정은 들지 않았다. 오히려 함정이라면 대체 어떤 놈인지부터가 궁금했다.

오만한 것인지도 모르지만, 어비스도 아닌 곳에서 백현을 함정에 빠뜨릴 만한 인물은 이 세상에 존재하지 않았으니까.

“이곳입니다.”

안내해 준 호텔 보이가 커다란 방문 앞에서 백현을 돌아보고 꾸벅 고개를 숙였다.

이곳까지 오면서 대체 누가 투숙하고 있는 것이냐고 몇 번 물어보았지만, 투숙객에 대한 정보를 알려줄 수 없다는 의례적인 대답만 들었다.

‘어차피 바로 만날 텐데.’

팁이라도 줘야 하는 것이 아닐까.

물론 생각만 할 뿐 지갑을 꺼내지는 않았다. 현금도 없었고, 물어본 것에 대답해 주지 않은 것에 대한 반발도 조금은 있었다.

그리고 일단 아깝기도 했다. 통장에 돈이 썩어날 정도로 쌓였지만, 여전히 백현의 마인드는 예전 검소하던 시절과 크게 변하지 않았다.

호텔 보이가 돌아가고서, 백현은 잠시 동안 문을 바라보았다.

저장되지 않았던 핸드폰 번호. 하지만 ‘기척’이 느껴진다. 문자를 보낸 당사자는 백현이 아는 사람이었다.

"허."

솔직히 의아하고 당황스러웠다. 이렇게 만남을 가지게 될 것이라고는 생각해 본 적이 없었기 때문이었다.

그래도, 여기까지 온 이상 돌아가는 것도 우습다. 또한 그러고 싶지도 않았다.

손가락을 들어 벨을 누른다. 조금 시간이 지나자 문에서 '철컥'하는 소리가 들렸다.

문 너머에서 인기척은 없다. 슬쩍 돌려보니 문이 열렸다.

스위트룸이라더니. 그렇게 크지는 않았다.

아무래도 전망과 위치 때문인지 방 전체는 한옥처럼 꾸며져 있었고, 저 너머에서 아득한 풍경을 비추는 유리창이 보였다.

그 앞에, 누군가가 등을 돌리고 앉아 있었다. 한옥처럼 꾸며진 방에 어울리지 않게, 옆의 테이블에는 값비싼 위스키 한 병과 얼음, 두 개의 잔이 놓여 있었다.

"늦었군요."

"의외네요."

인사 대신 서로 그런 말을 나누었다.

드레이브가 고개를 돌려 백현을 쳐다보았다.

"다쳤다고 들어서 걱정했습니다만, 괜찮아 보여 다행입니다."

"금방 나았어요."

의아함과 당황을 느끼는 것은 어쩔 수 없는 일이다.

산토리니 이후로 드레이브와 만나는 것은 처음이다. 이렇게 사적으로 만날 만큼 친밀한 사이인 것도 아니고, 오히려 산토리니 이후로 백현과 드레이브의 사이는 완전히 틀어졌다고 봐야 했다.

'발로 까버렸으니까.'

악감정이 있어서가 아니라고 덧붙이기는 했지만, 드레이브 입장에서는 대뜸 얻어맞은 것에 지나지 않는다.

게다가 악감정은 없다고 말하기는 했지만, 제대로 싸우지도 않고 슬쩍슬쩍 요령을 피우며 상황을 살피던 드레이브의 모습은 꼭…….

'뒤통수를 치려는 것 같았단 말이야.'

퓨어세인트가 흑장미여왕의 뒤통수를 제대로 갈겼다는 것도 알게 되었으니, 그 당시 드레이브가 위치엔드가 보여준 미래대로 뒤통수를 치려 했다는 것은 틀림없게 여겨졌다.

"그렇다면 다행입니다."

백현의 생각을 알 리 없는 드레이브는 짐짓 자애로워 보이는 미소를 머금으며 말했다.

"설마 나 걱정해 준다고 여기까지 온 거예요?"

"그건 아닙니다만. 필요했다면 저는 주저하지 않고 당신께 신의 은혜를 베풀었을 겁니다."

백현은 대놓고 콧방귀를 뀌었다. 하나 드레이브는 불쾌하단 기색 없이 웃는 얼굴을 유지했다.

"그럴 일이 없어서 다행이네요. 내가 좀 많이 건강하거든요. 감기도 잘 안 걸리고."

"그 역시 신의 축복 아니겠습니까."

별생각 없이 뱉은 이죽거림에도 진지한 표정으로 대답한다. 그러면서 위스키를 들어 백현의 잔에 술을 따라주었다.

"마신다는 말은 안 했는데요."

"묻는 것이 늦었군요. 제법 괜찮은 술인데, 싫으십니까?"

"술이나 마시자고 부른 거예요?"

백현은 술잔에 눈길 한번 주지 않고서 그렇게 물어보았다.

"대뜸 호텔 알려주면서 혼자 찾아오라고 한 이유가, 나랑 술 한잔하고 싶어서냐고요. 자기가 누군지 밝히지도 않고서 말이야."

"내가 누군지 밝혔다면 오지 않았을 것 아닙니까."

드레이브가 입꼬리를 조금 올리며 물어보았다.

백현은 너털웃음을 터뜨리며 고개를 끄덕거렸다.

"맞아요. 안 왔겠죠. 호텔방에서 남자랑 단둘이 마주 앉고 싶지는 않았으니까."

"이유는 그게 전부입니까?"

올리고 있는 입꼬리가 고까웠다. 아까 전의 미소는 참 사람이 좋아 보였는데, 고작 입꼬리 살짝 올린 것만으로 뭔가 재수 없고 음흉하게 보인다.

'그런 성격이겠지만.'

태연히 그런 생각을 하면서 어깨를 으쓱거렸다.

"뭘 나한테 물어보고 그래요? 우리, 그렇게 친한 사이 아니라는 건 당신도 알잖아요. 아니면 나만 그렇게 생각했나?"

"산토리니의 일은 마음에 담아두고 있지 않습니다."

"얼씨구, 그렇게 말하는 것 보니까 마음에 꽉 담아둔 모양인데. 나는 산토리니에서 우리 사이에 뭔 일이 있었는지 기억도 안 나걸랑요."

물론 거짓말이다. 대놓고 한 도발이었고, 드레이브의 감정 변화를 살피고 싶었다. 하지만 그의 표정은 변하지 않았다.

"제가 싫습니까?"

그 음험해 보이는 표정을 고수하면서. 이전과는 다르게 직설적인 질문을 던졌다.

"좋지도 싫지도 않죠."

백현은 시선을 피하지 않고 대답했다.

"앞으로 어떻게 될지는 모르겠지만, 지금은 그래요. 그럼 당신은?"

드레이브는 대답하지 않고 웃었다. 대신 자신의 잔을 들어 가볍게 흔들었다. 유리잔 속에서 얼음이 부딪쳐 굴렀다.

"어색한 만남이라는 것은 알고 있습니다. 제가 마련한 자리니 말이지요. 피차 어떤 오해가 있다는 것도 알고, 가급적이면 함께 술을 마셔 그 오해를 풀어나가고 싶었습니다."

"술자리에서 친해진 사람은 대부분 다음 날 어색해지는데."

"그럴 수도 있겠지만. 술자리 당시에는 과할 정도로 친해지지 않습니까?"

"아까부터 자꾸 말을 피하시네. 내 질문은 언제 대답해 줄 생각이에요?"

백현은 아직 테이블 위에 놓여 있는 자신의 술잔을 빤히 보았다.

"왜, 혼자 오라는 말까지 덧붙여 가면서 날 부른 거냐고요. 별말 안 할 거면 그냥 가도 되죠?"

"다짜고짜 본론을 따지는 것은 모양새가 나쁘다고 생각했을 뿐입니다."

"내가 괜찮으니까, 제발 좀 따져주실래요."

"흑장미여왕을 만났습니까?"

한 모금 위스키를 마시고서, 드레이브는 술잔을 내려놓았다. 그 말에 백현은 피식 웃었다.

뻔한 질문. 최근 백현의 행적 중에서 퓨어세인트가 신경 쓸 만한 것은 검무희나 흑장미여왕뿐이다.

"안 만났어요."

"한 달 동안이나 어비스에서 나오지 않았던데. 그것도 동쪽의, 거주 구역과도 꽤 거리가 있는 야산에 틀어박혀 있지 않았습니까?"

"소름 끼칠 정도로 잘 알고 계시네요. 내 스토커예요? 아니면 나 모르게 꼬리라도 붙여놓으셨나? 그럴 리는 없겠지만."

백현은 암막의 주인의 예비 사도인 헤루샤의 은신마저 간파했다. 백현의 감각을 완전히 속이면서 따라다닐 인간은 존재하지 않는다.

"그 산에서 뭘 한 겁니까?"

"캠핑."

"흑장미여왕을 만났군요."

"왜 신경 쓰시나 모르겠네요. 예의 따져대던 것 치고는 질문하는 태도가 무례하기 짝이 없는 건 뭐, 가식을 집어치우겠다는 건가?"

쩌적.

손도 대지 않은 유리잔에 금이 갔다. 균열을 통해 방울져 흘러내리는 위스키가 테이블을 적셨다.

"당신은 이미 머릿속에서 내가 뭘 했는지 확신하고 있고, 내 대답은 무시하고서 자기 생각에 내 말을 끼워 맞추려 하잖아요."

"꼴같잖은 거짓말이 마음에 들지 않을 뿐입니다."

"무조건 거짓말이라고 밀어붙여 대는 것부터가 독선이죠. 내가 뭘 했는지 알지도 못하는 주제에."

백현은 킬킬 웃으면서 다리를 꼬았다. 그는 왼손에 채워진 팔찌에 시선을 주었다.

"응, 그런데 거짓말이 맞기는 해요. 흑장미여왕을 만났느냐고? 만났어요. 근데 왜?"

미행과 감시는 없었다. 흑장미여왕의 영지로 이동하는 중에는 쭉 아티펙트를 사용해 얼굴을 바꾸고, 사람들의 시선을 피하고 항상 주변을 신경 썼다.

그럼에도 드레이브는 백현이 동쪽으로 갔다는 것을 알고 있다. 한 달 동안이나 그곳에서 나오지 않았다는 것도 알고 있다.

그걸 확인할 수 있는 것은 관리국뿐. 정식 절차를 밟아 헌터가 된 전원은 관리국에게서 이 거무튀튀한 팔찌를 늘 착용할 것을 강요받는다.

"내가 흑장미여왕을 만나면. 뭐 곤란한 일이라도 있어요?"

"……흑장미여왕은 음흉하고 사악한 존재라고. 제가 섬기는 신이 예전에 당신에게 알려주었을 겁니다."

"그건 퓨어세인트의 입장이었고. 만나본 적도 없는 존재를 한쪽 말만 듣고서 나쁘게 생각하고 싶지는 않았는데요."

"마왕이라는 것으로 그 사악함은 증명되는 것 아닙니까."

"그건 너무 성급한 일반화 같은데. 이 세상에는 마왕도 아닌데 나쁜 놈들 천지잖아요?"

"흑장미여왕에게 무슨 이야기를 들었습니까."

"옛날 얘기."

백현은 큭큭 웃었다.

"왜요. 당신도 듣고 싶어서 그래요? 그렇다면 내가 말해주지 못할 것도 없지. 당신이 퓨어세인트에게 솔직한 이야기를 듣지 않았다면 말이에요."

드레이브의 입술이 씰룩거렸다.

"듣자 하니, 당신이 흑장미여왕과 계약한 헌터들을 죄다 죽여 버렸다던데."

"마왕과 계약한 자들을 내버려 두어봤자 세상을 어지럽힐 뿐입니다."

"그들이 뭔가 죄를 짓기는 했어요?"

"사람은 누구나 죄를 짓고 삽니다. 마왕과 계약한 자들은 더 큰 죄를 지을 테고."

"그 당시에는 안 지었다는 거네. 그리고, 당신도 사람이잖아요."

"나 역시 죄인입니다. 그 죗값으로서 손에 피를 묻히고 있는 겁니다."

"퓨어세인트가 흑장미여왕을 배신했던 것은 알고?"

"사악한 마왕을 죽이려 한 것이 뭐가 잘못되었다는 겁니까?"

어느새 드레이브의 얼굴에 웃음은 사라져 있었다. 그 대답에 백현은 헛웃음을 터뜨렸다.

"신앙은 참 편리하네요. 그 논리면 뭔 짓을 해도 퓨어세인트에게는 죄가 없다는 거잖아요.”

“신이라 해서 무결점에 전능한 것은 아닙니다.”

매서운 시선이 백현을 쏘아보았다.

“하지만 그 결점조차도 신의 일부이고, 인간이 감히 평가해서는 안 됩니다.”

소귀에 경 읽기다. 퓨어세인트에 대해 맹목적인 신앙을 가진 드레이브를 상대로 퓨어세인트에 대해 떠들어봤자, 그는 절대로 설득되지 않는다.

‘애초에 설득할 마음도 없고.’

저 신앙이 가식이 아닌 진짜라는 것은 알았다.

“고작 그걸 묻기 위해 여기까지 온 건가요?”

“……아까 전.”

드레이브가 손을 들었다. 그 손은 백현의 앞에 있던, 균열 간 유리잔을 향했다.

파삭!

그가 가볍게 손을 쥐자, 유리잔이 미세한 가루가 되어 무너지고 안에 담긴 위스키와 얼음이 순식간에 증발했다.

“당신이 제게 물었지요. 당신을 싫어하느냐고.”

“그랬죠.”

“예, 싫습니다.”

목소리는 고저 없이 담담했다. 대부분 웃음기를 머금던 입술도 밋밋하다. 그 무표정에서 오직 눈동자만이 확실한 감정을 담고 있었다. 혐오와 경멸을 가득히.

"인간이면서 신에 도전하는 당신이 싫습니다. 강대한 힘을 가졌음에도 그 힘을 신을 위해 쓰지 않는 당신이 싫습니다. 천공성은 신에게 바쳐야 했습니다. 그 공양물을 멋대로 빼앗아 소유한 당신이 싫습니다. 신의 저의를 의심하고 마왕을 비롯해 불길하고 사악한 존재들과 교류하는 당신이 싫습니다. 신을 의심하는 당신이 싫습니다. 신을 믿지 않는 당신이 싫습니다."

숨도 쉬지 않고 속사포처럼 쏘아댔다. 가지각색의 이유를 대며 싫다고 말하지만, 그 모든 것이 신에 관련되어 있었다.

"신이 허락했다면, 저는 망설이지 않고 당신을 죽였을 겁니다."

노골적인 혐오와 경멸. 그 모든 것이 뒤섞여 살의가 되었다. 가식을 내려놓은 드레이브는 그를 숨기지 않고 백현에게 드러냈다.

"그럴 능력은 있고?"

백현은 피식 웃으며 그렇게 물었다.

빠득.

드레이브의 이빨이 맞물려 소리를 냈다.

"……신은 당신의 죽음을 바라지 않고 계십니다."

드레이브가 천천히 말을 이었다.

"그래서 제가 이곳에 온 겁니다. 정말 싫은, 죽여 버리고 싶은 당신과 마주 앉아 있는 것은 어디까지나 신이 제게 그를 바라고 계시기 때문입니다. 이 공간에서 당신이 내뱉는 역한 숨결이 뒤섞인 공기를 내가 삼키는 것도. 경련을 참고 웃어대며 당신과 이야기를 나누는 것도. 이, 술을, 놓아두고. 당신과 마시며 오해를…… 오해? 오해는 아무것도 없는데. 그런데도 그딴 말을 지껄인 것 전부가. 신이 당신을 원하고 있기 때문입니다."

"아까 내가 말했죠?"

백현은 푹신한 소파에 몸을 깊이 파묻으며 킬킬 웃었다.

"난 당신을 좋아하지도, 싫어하지도 않는다고."

"앞으로 변한다고도 했죠. 제가 싫어졌습니까?"

"아뇨, 좋아졌어요."

백현은 깍지 낀 양손을 허벅지 위에 올려놓으며 말했다.

"나는 날 싫어하고, 날 진심으로 죽이려 하는 상대를 좋아하거든요."

"……어째서?"

"그래야 마음 편히 죽일 수 있을 테니까."

그런 류의 상대에게 주저하거나 후회할 필요는 없다. 좋아할 수밖에 없는 적이다.

웃으며 내뱉은 말에는 드레이브처럼 노골적인 살의는 실려 있지 않았다. 표정도 그랬다. 하지만 뱉은 말의 내용의 의미는 분명했다.

드레이브의 뺨이 살짝 경직되었다. 분에 차서 내뱉기는 했지만, 지금 그의 눈앞에 있는 이는 어비스의 군주를 제외하면 대적할 적수가 없을 괴물이다. 이 방, 서로 간의 거리. 백현이 하고자 한다면 즉시라도 드레이브에게 다양한 형태의 죽음을 선사해 줄 수 있으리라.

"퓨어세인트가 나를 원한다고 했죠?"

백현은 드레이브의 경직을 즐거운 기분으로 바라보았다. 드레이브는 감정을 가다듬고 고개를 끄덕거렸다.

"왜요?"

흑장미여왕과 접촉한 것을 신경 쓰는 것일까.

그럴 수밖에 없겠지. 흑장미여왕의 이야기 속에서 퓨어세인트는 일방적인 악역이었다. 대부분의 사람들은 세상에 드러난 퓨어세인트의 선한 면만을 본다. 하지만 백현은 그 '대부분'에 속하는 사람이 아니었다.

백현은 너무 많은 것을 알고 있다. 어비스의 과거. 군주들이 군주라 불리지 않았던 시절. 그들의 관계. 혼돈의 근원 등.

그의 주변에는 다양한 신격들의 인과가 얽혀 있고, 백현 본인의 힘도 신격을 도모해도 손색이 없을 정도로 강력하다.

"……신은 당신과 우호적인 관계를 희망하고 계십니다."

드레이브는 빠득 입술을 씹으며 내뱉었다.

이것이 신의 뜻이라고는 하나, 드레이브는 그것을 도저히 용납할 수가 없었다.

그렇기에 감정이 노골적으로 드러나 버려, 기껏 쓰고 있던 가식의 가면을 스스로 벗어버렸다.

“그런 관계를 바라는 것치고는 태도가 너무 싸가지가 없네. 사람 면전에 대고 싫다고 해대지 않나.”

“착각하지 마십시오.”

드레이브의 눈동자에 빛이 켜졌다. 꽉 쥔 주먹에서 핏줄이 불거졌다.

“이건, 신이 당신께 베푸는 자비인 것입니다. 신은 이 관계를 구걸하고 계시지 않습니다. 만약 그런 것이라면 제가 당신께 이토록 무례하지도 않았겠지요.”

“아, 일단 찔러나 보겠다는 거죠?”

드레이브는 퓨어세인트의 광신도다. 퓨어세인트가 백현과의 우호적 관계를 간절히 희망했다면, 드레이브는 절대로 저런 태도를 보이지 않았을 것이다. 아무리 백현을 아니꼽게 여겨도, 그 개인적 감정을 철저히 숨기고 퓨어세인트의 뜻대로 행동했을 것이다.

‘우선 접촉해 보고, 이쪽의 태도를 보겠다는 건가.’

흑장미여왕과 만났다는 시점에서부터 퓨어세인트는 백현과 우호적 관계가 불가능하다는 것을 알았다.

제대로 확인이 필요했다. 만약에라도 흑장미여왕과 만나지 않은 것일 수도 있으니.

하지만 백현의 입에서 만났다는 이야기를 들었다. 퓨어세인트에 대한 백현의 태도가 어떤지도 알았다. 백현 본인도 그것을 숨기려 들지 않았다.

"……다시 한번 묻겠습니다."

드레이브가 차분한 목소리로 말했다.

"신이 베푸는 자비를 받아들이실 생각은 없는 겁니까."

"난 무신론자라서."

백현은 피식 웃으며 대답했다.

"신이라고 해서 뭐 대단하다는 경외감도 안 들고, 자비라고 옜다 내미는 손을 덥석 잡고 싶지도 않네요. 아니, 그보다는 퓨어세인트를 못 믿겠어."

드레이브는 대답 없이 백현을 노려보았다. 그 시선 속에서 백현은 이어서 말했다.

"그러니까 여기까지 하죠."

백현은 보란 듯이 테이블 위에 손을 올려 두었다. 그는 반대편 손으로 팔찌를 툭툭 두드리며 말했다.

"하이로드에게도 안부나 전해주세요."

"……그 결정을 후회하지 않을 자신은 없습니까."

"그건 퓨어세인트한테나 물어봐요."

백현은 킬킬거리며 웃었다.

팔찌를 부숴 버릴까 생각도 했지만, 당장 그렇게 하면 꽤 귀찮아질 것이 틀림없었다. 팔찌의 위치 파악에 대해서는 발렌시아에게 한번 부탁해 보고, 가능하다면 위치 추적에 혼선을 주도록 개선해 볼 생각이었다.

"만약에."

백현은 고개를 살짝 기울여 드레이브를 쳐다보았다.

"내가 지금 당신을 죽이려 하면, 당신은 당연히 저항하겠죠?"

"가만히 목을 내놓을 생각은 없습니다. 죽지도 않을 것이고."

"퓨어세인트가 강신할 테니까?"

"말해 무엇합니까."

그 대답에 백현은 피식 웃으면서 몸을 일으켰다.

서울 한복판, 수백 층에 달하는 호텔이다. 여기서 드레이브에게 싸움을 걸고, 퓨어세인트까지 강신한다면 대량 학살로 이어질 것이 뻔했다.

벌써부터 그만한 사고를 칠 생각은 없었다. 여기가 어비스였다면 또 모를 일이기는 해도.

"그럼 다음 기회에 보죠."

드레이브는 대답하지 않았다. 여전히 혐오와 경멸을 담은 눈으로 백현을 볼 뿐.

아, 거기에 다른 감정도 추가되었다.

경계심.

백현은 자신의 일거수일투족을 경계하는 드레이브를 향해

히죽 웃으며 손을 흔들었다. 그러고는 빙글 몸을 돌려 문으로 향했다.

여전히 등 뒤에서 시선이 느껴진다. 조금씩…… 살기가 가까워진다.

'설마 뒤를 치려고?'

그렇다면 대환영이다.

대량 학살을 일으키고 싶지도, 귀찮은 뒷감당을 하고 싶지도 않아 굳이 드레이브에게 싸움을 걸지 않았지만. 만약 놈이 눈이 돌아가서 먼저 공격해 온다면…….

그건 정말 어쩔 수 없는 일 아닌가? 드레이브의 말마따나 가만히 목을 내놓을 수는 없으니 저항할 수밖에.

하지만 살의는 실현되지 않았다. 문고리를 돌려 밖으로 나오고, 문이 닫히고, 자동으로 문이 잠겨 딸칵 소리가 나는 것을 듣고 나서야 백현은 조금의 아쉬움을 느끼며 뒤통수를 벅벅 긁었다.

드레이브는 여전히 의자에 앉아 있었다.

꽉 쥐고 있던 손이 풀린다. 손바닥에 깊게 박힌 손톱이 뽑히며 피가 뚝뚝 떨어졌다. 드레이브는 잠시 동안 그것을 바라보다가 말했다.

"……신이시여."

[예.]

"그는 거절했고, 후회하지 않겠다고 말했습니다."

[저도 들었습니다.]

머릿속에 들리는 퓨어세인트의 목소리에는 고아하고 맑았다. 그 음색은 살의가 들끓는 드레이브의 마음을 천천히 식혀 주었다.

드레이브는 작게 숨을 삼키고서 말을 이었다.

"그럼. 이제 어떻게 하면 되겠습니까."

[당장은 아무것도 하지 않아도 괜찮습니다.]

그 대답에 드레이브의 눈썹이 꿈틀거렸다. 그는 저 무엄한 인간을 가만히 내버려 둔다는 퓨어세인트의 결정을 도저히 이해할 수가 없었다.

"어째서입니까. 당장에라도 죽이는 것이……."

[그럴 필요가 없기 때문입니다.]

사도의 반발에도 퓨어세인트는 여전히 평온한 목소리로 대답했다.

[저 불신자의 적의는 저를 해할 만큼 예리하지 않습니다. 불신자 스스로도 그것을 알고 있기에 물러난 것이겠지요.]

"어째서 그런 자비를 베푸시는 겁니까?"

[저는, 세상 모든 존재가 저를 신으로 섬기는 것을 바라는 것이 아닙니다. 제가 바라는 것은 전체의 구원이고, 그 전체에는 절 신앙하지 않는 모든 불신자도 포함되어 있습니다.]

그 말에 드레이브의 어깨가 가늘게 떨렸다. 가슴을 채워가던 살의가 완전히 사라졌다.

백현의 경멸적인 행동에 대한 여운도 더 이상 드레이브에게 불쾌감을 느끼게 하지 않았다. 전체를 구원하겠다는 신의 말이, 그 숭고한 목적이 드레이브에게 크나큰 희열을 느끼게 만들었다.

구원이라니. 그것이야말로 신에게 충실한 바람 아닌가.

[그러니, 그 인간이 불신자라고 해서 죽일 필요는 없다는 것입니다. ……마왕과 계약한 인간은 돌이킬 수 없을 정도로 타락하지만, 그는 마왕과 계약하지는 않았으니까요.]

퓨어세인트는 그렇게 말하고서 잠시 침묵했다.

드레이브는 재촉하지 않고 퓨어세인트의 말을 기다렸다. 그는 퓨어세인트가 자신에게 가치 있는 신명을 내려줄 것을 기대했다.

[이제 머지않았습니다, 충실한 사도여.]

드레이브는 깊이 머리를 조아렸다.

[혼돈의 신을 따르는 무리의 정화가 거의 다 되었습니다. 이제 곧, 그들이 섬기는 사악한 혼돈의 신을 찾아내 토벌할 수 있을 겁니다.]

"예."

[그것이 우리가 할 첫 번째 과업이자 구원이 될 것입니다. 정

말로…… 머지않았습니다. 어비스를 낳은 혼돈의 신을 토벌한다면 이 세상은 더 이상 어비스의 위협에 떨지 않아도 될 것입니다.]

"믿나이다. 신이시여."

드레이브는 양손을 들어 성호를 그었다. 그리고 결의에 찬 목소리로 말했다.

"혼돈을 토벌한 뒤. 진정한 신인 당신께서 강림하셔 이 추악한 세상에 살아가는 가엾은 자들을 구원하실 것을. 다툼 없는 천국을 건설하실 것을 믿나이다."

[예, 물론입니다.]

드레이브는 따스한 빛이 자신을 휘감는 것을 느꼈다. 그는 이곳과는 전혀 다른 세상인 어비스, 그중에도 독립된 외차원인 천국에 존재할 퓨어세인트의 손길을 느꼈다.

[사도여. 그대는 천국으로 향하는 여정의 선두가 될 것이며, 그를 위한 성전의 선봉이 될 것입니다.]

"예……!"

드레이브는 기쁨에 찬 목소리로 외쳤다.

[제주도에서부터 좀 이상했어요.]

전화기 너머에서 들리는 목소리는 굉장히 들떠 있었다.

그럴 만도 했다. 한국의 젊은 헌터 중에서 반반한 마스크로 인기 몰이를 하고 있다지만, 헌터로서는 그리 대단한 수준이 아니다.

[담배 피우다가 갑자기 어디로 뛰어가더니. 한참 있다가…… 창백한 얼굴로 돌아와서. 정신도 반쯤 나가 있었고. 안 되겠다 싶어서 병원에 보내려니까, 그건 싫다고 하면서요.]

특히 마음에 드는 것은 연리운, 무령과 계약했다는 것이다. 그렇다면 놈의 심성이 어떻든 간에 대놓고 의심할 여지는 줄어든다.

[일단 하루 호텔방에서 쉬고, 좀 나아졌나 했더니…… 얼굴이 더 나빠졌더라고요. 하룻밤 사이에 살이 얼마나 빠진 건지, 뺨도 움푹 들어가고…… 잠도 못 잔 것처럼 두 눈은 새빨갛게 충혈돼서. 진짜 안 되겠다 싶어서, 구급차를 부르려 했죠.]

제주도로 가는 티켓을 예매했다. 혼자 떠나고 싶었지만 사라에게 둘러댈 핑계가 마땅치 않았다.

사라가 따라가니 샤나크도 따라오겠다고 했다. 봉제 인형도 함께.

[그런데, 제 핸드폰을 뺏더니 대뜸 묻더라고요.]

제주도에 가는 것은 처음이었다.

고등학교 때 가는 수학여행지의 단골이지만, 백현은 수학여행을 가본 적이 없었다. 학교에서 수학여행비를 내주진 않았으니까.

[자기가 뭐로 보이냐고요. 그래서…… 민식이 형으로 보인다고 대답했죠.]

그때의 기억은 그리 떠올리고 싶지 않았다. 동급생들이 수학여행을 떠날 적에, 백현은 학교에 가 자습했다.

넓은 학교, 몇 개나 되는 교실이 늘어선 학년 층에는 손에 꼽을 정도의 사람밖에 없었다. 하지만 그 순간에는 그리 고독하진 않았다.

제주도에서 돌아온 동급생들이 교실에 모여 자기들끼리의 추억을 떠들어대는 것을 괜히 교과서만 뒤적거리며 듣고 있을 때, 나름 배려랍시고 함께 이야기할 때에는 그 이야기를 완전히 배제하고서 떠들 때. 그때가 정말.

[서울로 돌아간다고 했어요. 도저히 안 되겠다고. 감기에 걸렸나 봐, 라고 했었죠. 이런 상태로는 탐색에 도움도 안 된다면서요. 아무리 봐도 감기 따위론 보이지 않았지만…… 뭐 어쩌겠어요, 완전 죽기 직전인데. 다들 알겠다고, 돌아가라고 했죠.]

서민식이 서울로 돌아온 것은 틀림없다. 비행기표도 확인되었고, 김포 공항에서 찍힌 사진들도 SNS에 떠돌았다.

수척한 얼굴에 마스크도 쓰지 않고, 옷도 대충. 주변 시선을 신경 쓰며 이미지를 만들던 놈이, 탐색 도중 복귀라는 이례적인 상황에 더욱 주목받을 수밖에 없는 공항 패션을 그 꼴로 왔다.

의심할 것도 없었다. 제주도에서 뭔가 있었다.

[저, 저기…… 형이라고 불러도 돼요?]

“그럼 뭐라고 부르게. 아저씨라고?”

[버, 번호 저장해도 되나요?]

“네 핸드폰인데 왜 나한테 물어보는 거야?”

[인스타 맞팔…….]

“나 그런 거 안 하는데.”

[그, 그럼. 카톡 해도 되나요? 혹시 술 좋아하세요? 제가 괜찮은 바를 많이 아는…….]

“다음에 내가 연락할게.”

그렇게 말하고 전화를 뚝 끊었다.

빛이 켜진 핸드폰 액정을 잠시 보다가, 서민식에게 왔던 메시지를 확인했다.

당분간 어비스에 가 있겠다는 말.

제주도에서 무슨 일이 있었는지. 거기에 뭐가 있는지 말이라도 해주면 좋았을 것을.

‘그럼 걱정도 안 했을 것 아냐.’

백현은 그런 생각을 하면서 주머니에 넣은 여권을 확인했다. 검색해 보니 제주도에 가는 것에는 여권이 필요 없다지만, 그래도 혹시 모르는 일 아닌가. 비행기를 타는 데 여권이 필요 없다는 말은 영 수상쩍었다. 마치 골탕 먹이기 위한 거짓말처럼 들린다.

"굳이 비행기를 타는 이유는 모르겠다만."

자기 사인을 커다랗게 새긴 캐리어를 끌던 샤나크가 중얼거렸다. 그 캐리어의 위에는 봉제 인형이 앉아 있었다.

"천공성으로 이동하는 편이 훨씬 빠를 텐데 말이다. 귀찮은 절차를 밟을 필요도 없고."

"난 비행기 타는 것 좋아해."

한껏 멋을 내 꾸민 사라가 방긋 웃으며 말했다. 그래 봤자 바뀐 얼굴이라 사람들의 주목은 없었다. 탑승 수속 순간에 원래 얼굴로 돌아오면 된다.

"타고 싶었어."

백현은 시간을 확인하며 말했다.

"제주도 가는 비행기를 타본 적은 없거든."

그때 기억을 떠올리며 비행기 티켓을 끊었지만, 수학여행 때와 똑같지는 않다. 수학여행에 가본 적은 없지만, 그때 학생들이 탔던 것은 당연히 일반석이었다.

지금 백현의 손에는 비즈니스석 티켓 세 장이 들려 있었다.

2장
일탈

제주도행 비행기를 타는 것에는 정말로 여권이 필요가 없었다.

고집해서 챙겨오기는 했지만, 기껏 꺼낸 여권을 두고서 한심하단 눈길을 보내던 심사관의 표정을 떠올리니 후회가 드는 것은 어쩔 수 없었다.

비즈니스석은 산토리니에 갔을 적에도 탔었다. 이래 봐야 고등학교 수학여행과 관련된 추억을 보상받는 것은 아니겠지만, 그래도 제주도로 가는 비행기를 비즈니스석으로 탄다는 것은 나쁜 기분은 아니었다.

'돌아올 때는 그냥 천공성으로 와야겠다.'

굳이 두 번이나 탈 정도는 아니었다.

1시간도 안 되는 짧은 비행을 끝나고, 별것 없는 수속을 마치고서 공항을 빠져나왔다.

계절은 초여름이었지만 제주도는 서울보다 햇볕이 뜨겁고 더웠다.

"어디로 갈 거야?"

캐리어를 뒤에 두고서 쭉 기지개를 피던 사라가 물었다.

이 갑작스러운 제주도행의 목적이 관광이 아니라는 것쯤은 알았다. 결국 이 여행의 결정권자는 백현이다.

"일단 세화 해변으로."

서민식이 이상해진 것은 거기부터였다.

그 녀석이 제주도에서 무슨 일을 겪은 것은 틀림없었으니, 일단 세화 해변 쪽으로 가볼 생각이었다.

검무희는 여전히 그 카페에 있었다.

꽤 마음에 드는 장소였다. 음료의 맛도 나쁘지 않다. 사람이 많아 적당한 소음이 있다는 것은, 달리 말하자면 충분한 활기가 있다는 것이다.

검무희는 그것을 싫어하지 않았다. 자신과 아무 연관 없는 사람들. 그들이 내뱉는 다양한 이야기들을 몇 걸음 떨어져서 듣는 것.

검무희가 겪어본 적이 없는 일상적인 가십들을 배경음 삼아 바다를 보는 것이.

"언제까지 있을 셈이죠."

좋았다.

검무희는 이제는 일상처럼 느껴지는 나날이 끝날 것임을 알았다. 바란다면 이 나날을 더 이어나갈 수 있을 것이지만, 굳이 그러지 않을 뿐이다.

검무희는 고개를 돌려 옆을 보았다.

난발 머리 위에 커다란 챙 모자를 푹 눌러쓰고, 제 몸의 반은 될 법한 캐리어를 곁에 둔 여자가 검무희를 빤히 보고 있었다.

처음 보는 얼굴이다. 하지만 검무희는 그녀가 누구인지 알고 있었다.

인식의 흐름에서 조금 떨어져 있는 검무희를 정확히 포착해 냈다는 것부터가 평범하지 않을뿐더러, 처음 보는 얼굴이라지만 저 존재가 발하는 기질은 느껴본 적이 있었다.

"위치엔드?"

검무희가 고개를 살짝 갸웃거리며 묻는다. 그 말에 위치엔드는 긴 한숨을 내쉬었다.

그녀는 한층 더 짙어진 눈 밑의 다크서클을 검지 손끝으로 꾹 눌렀다.

"널 찾는데 많은 고생을 했어요."

검무희는 대답하지 않았다. 그저 눈을 깜박거리면서 위치엔드를 바라볼 뿐이다.

위치엔드는 눌러쓴 모자를 벗고서 정수리를 벅벅 긁었다. 난발 머리가 한 층 더 풍성하게 부풀었다.

"하지만 결국에는 찾아냈군요. 네가 아예 숨어버리고자 했다면 찾을 수도 없었을 텐데."

"이 숨바꼭질의 술래는 당신이 아니었을 텐데."

검무희는 작은 목소리로 중얼거렸다.

위치엔드는 코웃음을 치며 검무희의 맞은편에 앉았다. 그러고는 허락도 구하지 않고 테이블의 음료를 빼앗아 목을 축였다.

"술래는 네가 정하는 게 아니에요. 네가 이렇게 나와 버린 이상, 세상 전체가 널 잡고 싶어 하는 술래인 거죠."

"물론 그렇겠죠. 하지만…… 당신과 이렇게 만나게 될 것이라고는 생각하지 못했어요."

검무희는 위치엔드가 세상에 나와 있다는 것을 모르고 있었다. 또, 그녀가 자신과는 아주 다른 형태로 이 세상에 존재하고 있음을 알게 되었다.

검무희는 심안을 가늘게 뜨고서 위치엔드를 응시했다.

"여전히 기분 나쁜 눈이야."

위치엔드는 피식 웃으며 물고 있던 빨대를 뱉었다.

하이로드의 오라클과 더불어 위치엔드가 가장 빼앗고 싶었던 것이 바로 저 눈이었다.

만약 빼앗을 수 있는 종류의 힘이었다면, 망설이지 않고 빼앗으려 했을 것이다.

"왜 날 찾아온 건가요?"

"말은 바로 해야죠. 네가 찾아올 수 있게끔 했잖아. 아니에요?"

되받는 말투가 사납다.

그럴 수밖에 없었다. 귀찮은 것은 질색이다. 일을 벌이고 싶지도 않고 연관되고 싶지도 않다.

그 끔찍한 어비스를 등지면서, 위치엔드가 품었던 바람은 단 하나였다. 그냥 사는 것. 나름 평화로운 일상을 보내며 하루하루 살아가는 것이 유일한 바람이었다.

그런데 천존 때부터 위치엔드의 일상은 망가지기 시작했다. 차라리 처음부터 연관되지 않았더라면. 이 세상과 어비스가 어찌 되든 간에 신경 쓰지 않고, 방관자도 아닌 연관 없는 타인의 입장을 고수했다면.

부질없는 바람이다. 이미 일어나 버린 일. 게다가 위치엔드는 절대로 연관 없는 타인이 될 수 없었다.

어비스에서 벌어지는 일이라면 모를 일이지만.

"당신이 찾아올 것은 생각하지 않았어요."

"그건 네가 나를 몰랐으니까요."

검무희가 정말 아무에게도 들키지 않게 숨으려 했다면, 위치엔드라고 해도 검무희를 찾아낼 수 없었을 것이다.

하지만 찾아냈다. 검무희가 찾을 수 있을 만한 여지를 주었기 때문이다.

위치엔드는 그 이유를 알 수가 없었다. 숨기로 했다면 확실히 숨을 것이지. 대체 이 애매한 태도는 뭐란 말인가?

“이 숨바꼭질의 술래가 내가 아니라면. 네가 정한 술래는, 역시 그놈인가요? 백현?”

“그 외에 누가 있겠습니까.”

“왜. 찾아오면 이젠 정말 죽여 버리게?”

위치엔드가 입매를 비틀며 웃었다. 그 질문에 검무희는 대답하지 않았다.

“그럴 거면 그때 죽여 버리지 그랬어요?”

“그때는 결론을 낼 수 없었으니까요.”

짧은 침묵이 끝났다. 작은 소리로 한 대답에 위치엔드는 눈을 찡그릴 뿐이었다. 그녀는 검무희가 말한 결론이 무엇인지 몰랐고, 궁금하지도 않았다.

“내가 왜 널 찾아왔는지 알아요?”

“모릅니다.”

“보이지 않기 때문이에요.”

위치엔드가 내뱉었다.

“너와 관련된. 너로 인해 비롯될 모든 미래가…… 보이지 않아요."

오라클은 단편적인 미래를 보여준다.

모든 미래를 볼 수 있는 것은 아니다. 오라클로 미래를 엿보기 위해서는 다양한 조건을 충족해야만 했고, 그중 가장 우선되는 것은 오라클을 펼칠 술자와 관측할 미래의 연관성이었다.

"지금도 마찬가지군요. 난 지금 이곳에서, 너와 마주하고 있는데…… 여전히 아무것도 보이지 않아."

그러니 직접 와서 확인해 볼 수밖에 없었다. 하지만 직접 보아도 변하는 것은 없었다. 여전히 검무희와 그녀로 인해 벌어질 미래가 보이지 않는다.

검무희에게 그런 능력은 없다. 생각할 수 있는 것은 하나뿐.

위치엔드는 얇게 뜬 눈으로 검무희의 목에 걸린 묵주 목걸이를 보았다.

마법에 정통한 위치엔드였지만, 저 목걸이에 얽힌 복잡한 불길함은 꿰뚫어 볼 수가 없었다.

어비스의 많은 신격 중에서 저런 힘을 다루며 위치엔드의 이목을 숨길 수 있는 존재는 많지 않았다. 거기에 검무희를 어비스에서 바깥으로 내보낼 만한 신격은 하나뿐이다.

"역천자가 네게 뭘 시킨 겁니까?"

"아무것도 시키지 않았습니다."

검무희는 무덤덤한 목소리로 대답했다.

"나 하고 싶은 대로 하라. 그렇게 말했을 뿐이죠."

"하하! 바보도 아니고, 그 말을 액면 그대로 믿는 건가요? 그 자식이 널 보낸 것은, 그로 인해서 확실한 무언가를 얻을 수 있기 때문이겠죠. 아닌가요?"

"내가 신경 쓸 일이 아니군요."

당연히 그럴 것이란 생각은 했다. 이 일로 인해 역천자는 확실히 무언가를 얻는다.

검무희는 무수히 많은 촛불 한가운데에 앉아 있던 역천자와 보이지 않던 유계의 방랑자와 번견을 자처하며 은밀한 일을 벌이던 헌드레드와, 혼돈이 가득 찬 하늘에 떠 있던 월드이터를 떠올렸다.

신경 쓸 일이 아니다. 역천자의 목적이 무엇이든 간에, 그의 도움으로 어비스 밖으로 나온 것에는 검무희에게도 분명한 가치가 있는 일이었다.

미혹을 마주할 수 있었다. 알지 못했던 세상을 볼 수 있었다. 그 세상이 얼마나 아름다운지도 알게 되었다.

"……난 말이에요. 역천자가 어비스에서 뭔 짓을 벌이든 간에, 이 세상까지 여파가 오지 않는다면 상관이 없어요."

위치엔드가 짜증 가득한 목소리로 내뱉었다.

"하지만 네가 여기에 있잖아요. 어비스에 있어야 할 네가, 여기에 와버렸어. 네가 이곳에 오게 된 것이 역천자의 의도라면,

놈이 벌이는 짓이 어비스에만 국한되지 않는다는 것도 확실한 일이죠."

"……."

"난 네가 이 세상에서 뭘 하고 싶어 하는지 몰라요. 하지만 너는, 천존과는 달랐어요. 누굴 죽이지도 않았고, 얌전히, 잘 지냈죠. 난 네가 바다를 보는 것을 봤어요. 네가, 어비스에서의 그 음험하던 칼잡이에서 아주 많이 바뀌었다는 것도 느꼈죠."

짜증 가득하던 말은 이어질수록 짜증이 옅어졌다. 마지막에 이르러서 위치엔드의 목소리에 짜증은 없었다.

검무희는 위치엔드의 목소리에서 애잔한 동정심을 느낄 수 있었다.

"……이 세상은 멋진 곳이죠. 그쵸?"

검무희는 천천히 머리를 끄덕거렸다. 동의할 수밖에 없는 말이었다.

자신이 본 세상이, 전체가 아니라는 것은 안다. 이곳에서 벌어지는 일들이 모두가 아름답지 않다는 것도 안다.

이 세상에서 태어나고 자란 사람들은, 세상의 아름다움을 찬사하기보다는 자신을 둘러싼 불우한 상황들을 훨씬 더 많이 비난할 것도 안다. 당장 이 자리에 앉아서 들었던 무수한 가십들이 그러했다.

그럼에도 이 세상은 아름답다. 혼돈이 가득하던 어비스와는 비교도 할 수 없이 아름답다.

"자살하면 안 될까요."

위치엔드는 복잡한 표정을 지으며 그렇게 물었다. 농담으로 하는 말이 아니었다.

"네가 어비스로 다시 돌아갈 수 있을지는 나도 잘 모르겠어요. 하지만 나는…… 그런 생각을 하거든요. 내보낸 네가 돌아오는 것이, 역천자가 정말 원하는 것이 아닐까 하는."

대답하지 않았지만 검무희 역시 그런 생각을 하고 있었다.

하고 싶은 대로 하라는 말. 그 말 뒤에 역천자는 이 묵주 목걸이를 건넸다.

이것의 기능은 하나뿐이다. 검무희가 다시 어비스로 돌아오는 것.

"그로 인해 무슨 일이 벌어질지는 모르겠어요. 너와 연관된 모든 미래가 닫혀 있으니까. 하지만 그게 역천자의 의도라면, 안 했으면 좋겠네요."

"내가 이 세상에 남아 있는 것을 바라지 않는 모양이군요."

"……네가 위험한 존재라는 것은 너 역시 자각하고 있지 않나요? 언제 터질지 모르는 폭탄을, 터지지 않았다고 해서 끌어안고 있는 것은 병신 짓이죠."

그 말에 검무희는 큭큭 웃었다.

"당신이 나를 죽이면 되지 않습니까."

"……불가능하다는 것을 뻔히 알면서 묻는 것이 참 얄밉네요. 네 눈은, 내가 그럴 수 없다는 것을 이미 확인했잖아요."

이런 식으로 현신하고 있는 것에는 많은 제약이 따른다. 사도 하나를 요리하는 것은 어렵지 않은 일이지만, 상대가 검무희라면 이야기가 다르다.

"당신이 내 죽음을 바라는 이유는 이해했습니다. ……하지만 나 스스로 죽고 싶지는 않군요. 그건 전혀 다른 이야기니까."

"당신으로 인해 이 세상이 어지러워진다고 해도?"

"아직은 아닙니다."

검무희는 긴 한숨을 내쉬며 말했다.

결국은 욕심. 하지만, 누구의 것도 아닌 자기 자신의 욕심이다. 검무희는 그것을 쉽사리 포기할 수가 없었다. 혼돈의 근원을 탐했던 것은 그녀의 욕심이 아니었으나, 이 세상에 남고 싶은 것은 분명히 검무희의 욕심이었다.

"나도…… 알고 있습니다. 내가 위험한 존재라는 것을요. 이런 식의 도피가 언젠가는 끝이 날 것이고, 그때가 머지않았음은 압니다."

"백현이 이 섬에 왔다는 건 알아요?"

위치엔드가 내뱉었다.

"그 녀석이 당신을 찾아서 온 것인지 아닌지는 모르겠지만."

"아마 날 찾아온 걸 겁니다."

서민식과 만났다.

그 만남이 이 파국으로 이어질 것은 알았다. 그럼에도 만났다. 자신과 닮은 듯한 서민식의 존재를 무시할 수가 없었다.

……확인 뒤에 죽일 수도 있었다. 그것도 굉장히 쉬운 일이었다. 이 카페에 와서 음료를 주문하는 것만큼이나 쉬운 일.

하지만 그렇게 하지 않았다. 카드를 받아서? 꽤 요긴하게 쓰기는 했지만.

검무희는 쓰게 웃었다.

"술래잡기가 끝날 때가 되었어요."

"……짓궂기는. 결과야 뻔한 것인데."

"아뇨."

검무희는 고개를 가로저었다.

"나는 저번에…… 그를 죽일 수 있었습니다. 하지만 죽이지 않았어요. 백현. 그 또한 내가 죽일 수 있었음에도 죽이지 않았다는 것을 알고 있었을 겁니다."

검무희는 그렇게 말하며 고개를 돌렸다. 맑은 하늘과, 잔잔한 바다가 보였다.

"그가 내가 여기 있음을 알고도 온 것이라면. 저번과는 다르다는 것을 확신하고서 온 것이겠죠."

위치엔드는 이해할 수 없다는 듯이 고개를 갸웃거렸다. 그런 위치엔드를 향해 검무희는 계속해서 말했다.

"난 압니다. 이 세상에서, 나를 정말로 죽일 수 있는 존재가 있다면. 그건 백현뿐일 겁니다. 지금은 군주라 불리는 당신네 신격들. 그들의 사도가 강신이라는 것을 통해 신격의 힘을 행사할 수 있다는 것은 알지만, 그들이라 해서 나를 죽이진 못할 겁니다."

"……오만하지만 맞는 말이야."

"내가 백현을 죽였다면. 나는 쭉 이 세상에 있을 수 있겠죠."

검무희의 입가에 엷은 미소가 피어났다.

"그러고 싶지 않았습니다. 내 미혹이, 그를 죽이지 못하게 하였어요."

"……알 수 없는 말을 하기는."

위치엔드가 표정을 찡그리며 내뱉었다.

"넌 모순투성이예요. 자살하고 싶지는 않다. 내가 위험하다는 것은 안다. 하지만 이 세상에 있고 싶다……. 대체 뭐예요? 정말 그 바람이 간절했다면, 그리고, 내가 너였다면. 나는 백현 그 자식을 죽일 수 있을 때 확실하게 죽였을 거예요."

그편이 깔끔하니까.

"그때는 결론을 낼 수 없었다고? 감정적으로? 네가 세상에 나온 지 벌써 몇 달. 기회는 얼마든지 있었죠. 네가 백현을 찾아가서 죽이는 것도 쉬운 일이었을 거고. ……그러고 싶지 않았다면, 누구도 찾지 못하도록 숨어서, 살았으면 되었을 거예요. 하지만 넌 그 무엇도 하지 않았죠! 개고생이 받침되긴 해도 찾고자 하면 찾을 수 있게 적당히 자신을 감추었고, 백현을 죽이지도 않았어. 이건 마치……."

마치.

위치엔드의 말이 뚝 멈추었다. 그녀는 혼란스러운 눈으로 검무희를 바라보았다.

검무희는 천천히 손을 뻗어 위치엔드가 멋대로 마신 잔을 자신에게 끌어왔다. 잇자국이 선명한 빨대를 치워 버리고, 얼마 남지 않은 음료를 한 모금 마셨다.

"……탄산이 다 빠져서 맛없던데."

위치엔드가 작은 목소리로 중얼거렸다. 아까와 같은 연민이 가득 찬 목소리였다.

"이로 되었습니다."

검무희는 그렇게 중얼거리며 의자를 뒤로 끌어 일어섰다.

그녀는 다시 고개를 돌려 창밖을 보았다.

검무희를 휘감고 있던 흐름이 사라진다. 멀게 들렸던 사람들의 웅성거림이 가까이 다가왔다.

많은 사람이 창밖을 보면서 핸드폰을 꺼내 사진이며 동영상을 찍고 있었다. 카메라 렌즈가 담는 것은, 해안가 상공에 나타난 천공성이었다.

"그때 내지 못했던 결론이, 곧 내려질 겁니다."

검무희는 고개를 돌려 위치엔드를 보았다. 연민에 찬 눈. 씁쓸한…… 웃음이 보였다.

검무희는 부드러운 미소를 지으며 위치엔드를 향해 말했다.

“내게 죽음을 권유해 주어 고맙습니다.”

“……괜한 말을 하였어.”

위치엔드는 긴 한숨을 쉬며 의자를 뒤로 삐걱거렸다.

“기분 엿 같게 말이에요. 널 둘러싼 정황을 보면…… 알 수 있는 일이었는데. 나답지 않게 너무 흥분해서, 짜증이 머리를 둔하게 했어요.”

“아직은 어떤 결론이 내려질지 모르잖습니까. ……이게 내 모순의 끝입니다. 만약, 내가 살게 된다면. 더 이상 나는 모순을 갖지 않을 겁니다. 그때가 되면, 정말, 날 위해서. 내가 정말 하고 싶은 대로 할 겁니다.”

그 말을 남기고 검무희는 자리를 떠났다. 아주 느린 걸음이었다. 진한 미련을 담은 걸음.

위치엔드는 시선으로 걸음을 배웅하며 중얼거렸다.

“……할 수 있을 때 했어야지.”

짧은 한숨을 쉬면서, 위치엔드는 기울인 의자를 바로 세웠다.

“나중은 너무 늦는단 말이야.”

찾고자 하면 찾을 수 있을 정도로 숨었다. 죽일 수 있을 때 백현을 죽이지도 않았다.

‘저번과 다르다는 확신을 가지고 온 것이겠지요.’

그 말과 그간의 행동이 의미하는 바는 뻔하다.

검무희는 백현이 자신을 죽일 수 있을 때까지를, 어비스를 떠나 즐기던 일탈의 유예로 두었던 것이다.

3장
바로 내가

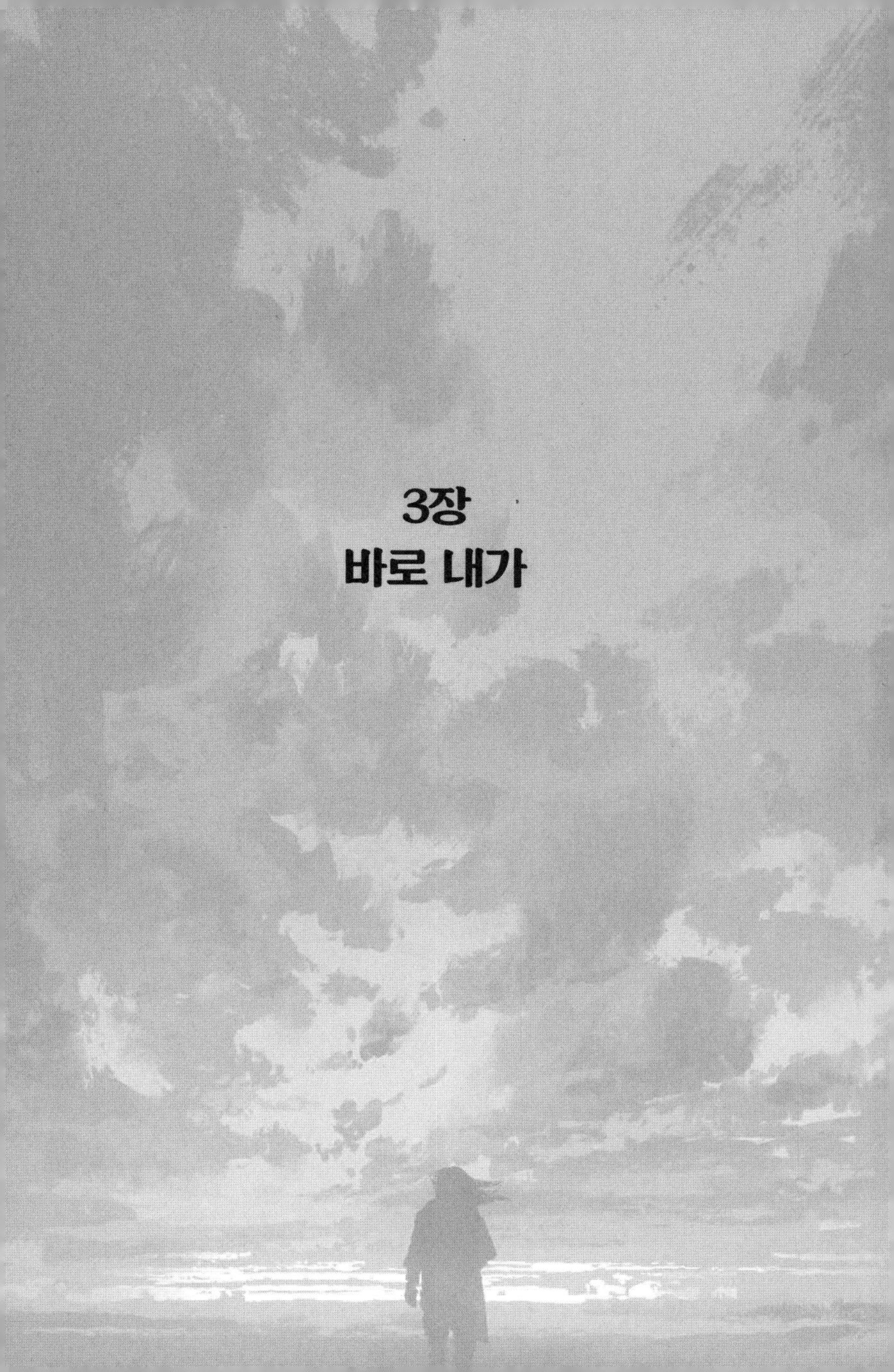

"왜 아무런 말도 안 하고 있어?"

사라가 의아하단 투로 물었으나, 백현은 대답하지 않고 천공성의 창가에 가만히 서서 아래만 내려다보았다.

"……바다가 예쁘네."

사라는 목젖까지 올라온 한숨을 억지로 삼켰다.

백현은 잔잔한 바다를 내려다보며 다른 말을 중얼거렸다. 그냥 한 말일 뿐이지만, 실제로 바다는 아름다웠다. 산토리니에서 보았던 바다에 버금갈 정도로. 반짝이는 백사장과, 얕은 바다는 은은한 녹색을 띤다.

로즈덤을 나왔을 때부터 백현이 품었던 무거움. 함께 밥을 먹고, 그러면서 덜해졌다고 생각했다.

서울을 떠나서 김포 공항으로, 비행기를 비즈니스석으로, 제주도에 오기까지 내내 꽤 괜찮다고 생각했다. 단순 관광이 아닌 이유 있는 여행이었지만, 제주도에 도착할 때까지 백현은 무겁지 않았다.

하지만 이 해안가에 도착하고서.

'……무거워…….'

그 어느 때보다.

지금의 무거움에 비한다면, 로즈덤을 나올 적에는 오히려 가볍다고 말할 수 있으리라.

그렇다는 것은, 처음 오게 된 제주도를 즐길 여지도 없이 이미 발견해 버렸다는 뜻이겠지.

무거워져야 할 필요를. 그렇게 될 수밖에 없는 상대를.

"미안해."

긴 침묵이 깨졌다.

백현은 작은 소리로 중얼거리며 사라를 돌아보았다.

"뭐가 미안하다는 거야."

사라는 굳었던 표정을 풀며 억지로 웃었다.

티를 내지 않으려 애쓰지만, 결국 티가 나버렸다. 그게 싫었다. 감정을 표현하는 것에 너무 익숙해져 버린 탓이다.

도원경 때부터 수십 년, 감정을 숨기려 하지 않고 살아왔다. 고향에서 살았던 시절보다 긴 시간을 그렇게 살았으니, 익숙했던 일이라도 이제는 익숙하지 않게 되어버렸다.

"다녀와."

툭.

사라가 백현의 등을 두드렸다.

"같이 가지 않아도 되잖아."

가봤자 도움은 안 될 테니까.

"여기서 바다나 보면서 기다리고 있을게. 너무 오래 걸린다 싶으면, 주변에 카페도 많으니까. 거기서 시간이나 때우지 뭐. 저 녀석이랑 단둘이 가고 싶지는 않지만. 알겠어? 넌 따로 놀란 말이야."

괜히 가만히 있는 샤나크를 걸고넘어진다. 그녀 딴에는 빨리 돌아오는 나름의 시위였다.

"……그것보다 오래 걸리면. 이 섬에서 제일 비싼 호텔의, 제일 비싼 방에서 묵을 거야."

이 말에 별 의미가 없다는 것은 안다. 돈이 썩어날 정도라는 것은 사라도 알고 있었으니.

"오래 안 걸리도록 노력할게."

백현은 피식 웃으면서 말했다.

어디까지나 희망 사항일 뿐이지만. 사라는 안심했다는 듯이 웃었다. 아니, 그렇게 웃으려고 노력했다.

백현은 손을 뻗어 사라의 어깨를 두드려 주었다.

"고마워."

"뭐가 고맙다는 거야."

"배려해 줘서."

"뭔 소리래. 널 배려해 준 적은 없거든?"

사라가 투덜거리며 항변했다.

백현은 피식 웃으며 고개를 끄덕거렸다.

"지난번에 같이 술 마시자고 한 거. 기억해?"

"……네가 까먹고 있는 줄 알았거든?"

"이다음에 마시자. 제주도에서든, 서울에서든. 너 좋은 곳으로."

백현은 그렇게 말하고서 샤나크를 힐긋 쳐다보았다. 시선이 맞닿자 샤나크가 고개를 끄덕거린다.

만약에, 정말 만약에 내가 죽게 된다면. 사라가 날뛰지 않도록 막아달라고.

'내가 날뛸지도 모르는데?'

샤나크는 어이가 없다는 듯이 되물었다. 하지만 결국에는 알겠노라고 대답했다.

나사 빠진 것처럼 군다지만, 샤나크는 백현이 상대한 사도 중에서 제일이었다. 날뛰는 사라를 막을 정도는 된다.

[이곳에 있는 거구나.]

봉제 인형이 작은 목소리로 중얼거렸다. 대답이 필요한 질문은 아니었다.

봉제 인형은 백현의 반응을 보았고, 바로 이곳에 백현이 찾던 대상이 있다는 것을 알았다.

[아직도 혹시 모를 희망에 기대하고 있어?]

"네."

[오직 너만을 위한 희망이라고 해도?]

"그게 나쁘다는 생각은 안 해요."

봉제 인형은, 아니, 악몽의 결정자는 백현의 그런 면을 두고서 인간성의 집착이라고 말했다. 하지만 백현은 그게 나쁘다는 생각은 하지 않았다.

그는 망가졌다. 어쩔 수 없는 망가짐이다. 도원경에서만 수백 수천을 넘어선 횟수의 죽음을 겪었다. 그 죽음에서 되살아나고, 그 뒤에는 다시 싸웠다.

무공을 수행하는 것이 좋았다. 말동무는 스승인 주한오, 사라, 설화봉, 가끔 찾아오는 여휘. 그 정도. 이야기를 나눈 시간보다 싸우고, 죽고, 이기는 시간이 더 많았다.

주한오가 가르치는 방식이 잘못되었던 것은 아니다. 그저 백현이 더, 더 많은 것을 갈구했을 뿐이다.

언제나 부족하다고 느꼈다. 더 많은 것을 배우고, 싸우고 싶었다. 그 인간답지 않은 생활이 결국 백현을 망가뜨렸다.

백현은 그것이 스승의 가장 큰 미련 중 하나라는 것을 알고 있었다. 하지만 조각 난 인간성에 집착하는 것은, 스승의 미련을 위해서가 아니었다. 당연한 집착이라고 생각할 뿐이다. 이런 것마저 없었다면. 완전히 망가져 버렸다면. 지금의 백현이 없었을 테니까.

"그리고. 아직 확인하지 않았잖아요."

[……그래.]

봉제 인형이 고개를 끄덕거렸다.

그녀는 캐리어 위에서 붕 떠올라 백현에게 향했다. 샤나크가 손을 뻗어 봉제 인형을 잡으려 했지만, 그녀는 유연한 비행으로 샤나크의 손에서 벗어났다.

[괜찮아. 로즈덤에서는 내 존재 자체를 위협했던 일이지만, 이번에는 아니야. 여기서 뭔 일이 벌어진다고 해도 '나'는 문제없어.]

봉제 인형은 어르는 말투로 샤나크에게 말했다.

[꽤 오래 사용하고는 있지만, 이 몸은 그냥 인형이라고. 망가진다면 새로운 몸을 만들면 돼. 다음에는…… 응, 그래. 만약에 망가진다면 말이야.]

봉제 인형은 솜뭉치에 천을 감싸 만든 팔을 내려 보며 말했다.

[변신 로봇이 좋겠어.]

"……그럼 만지기 불편하잖아."

사라가 중얼거렸다.

봉제 인형은 흥 콧방귀를 뀌며 백현의 어깨 위에 앉았다.

[자, 가자. 나도 직접 확인해야 할 테니 말이야.]

백현은 고개를 끄덕거리며 천공성의 창문을 열었다. 소금기 섞인 바닷바람이 백현의 머리카락을 휘날리게 했다.

백현은 시선을 내려 아래를 보았다.

많은 사람이 보였다. 갑작스러운 천공성의 출현에 달려온 사람들이다. 하지만 백현의 시선이 향한 것은 핸드폰을 든 무리가 아니었다.

해안가를 천천히 걷고 있는 여자가 보였다. 분명…… 느린 걸음인데. 이상하게도 여유는 느껴지지 않았다. 멈추고, 돌아가고 싶다는 느낌.

백현은 크게 숨을 삼켰다.

[……되겠어?]

봉제 인형이 작은 목소리로 질문했다. 백현은 피식 웃었다.

서민식이 제주도에서 무엇을 보고, 겪었는지는 모른다. 솔직히 이곳에서 검무희를 만날 것이라는 생각은 거의 하지 않았다.

하지만, 세화 해변에서 와서 검무희가 이곳에 있다는 것을 알게 되었다. 화천 어비스에서 이어졌던 흐름의 흔적이 이곳에서도 진하게 남아 있었다. 어디에 있는지 알 수 없었던 검무희는 바로 이곳에 있었다.

"될 거예요."

마주할 준비가 되지 않았다면 검무희가 이곳에 있다는 것을 확인했을 때, 물러서는 것을 택했을 것이다. 다시 싸우고 싶다는 기분을 무시하고서라도. 무조건 이기고 지고가 목적인 것이 아니니까.

하지만 물러서지 않았다. 싸우고 싶다는 기분을 무시하는 것에 실패했기 때문이 아니다.

지금이 적기라고 생각했다. 지금이라면, 그때와는 다르다. 그런 확신이 있으니 밖으로 나온 것이다.

고개를 든 검무희와 백현의 시선이 맞닿았다.

백현은 말없이 손을 들어 바다 위 하늘을 가리켰다. 이곳에서 해버린다면 일이 커진다.

검무희도 그것을 받아들였다. 그녀는 살짝 고개를 끄덕거리며, 하늘로 날아올랐다.

[……이 거리에서는 모르겠는걸.]

봉제 인형이 작은 소리로 중얼거렸다.

백현은 신고 있던 신발을 벗어 창문 안쪽으로 던지며 대답했다.

"조만간 싫어도 바짝 붙게 될 거예요."

[그러겠지……. 혹시나 해서 물어보는데. 내 도움이 필요해?]

"아뇨."

백현은 즉시 부정하며 대답했다.

"내가 죽어도 끼어들지 말아주세요."

[……그럴 필요까지 있을까 몰라.]

"내 일이잖아요."

백현은 창틀을 딛고서 하늘로 날아올랐다. 이유 따위 모르고 아래에 모인 사람들이 환호성을 터뜨린다. 그 소리는 순식간에 멀어졌다.

"친구에게 들은 겁니까."

마주 서게 되었을 때, 검무희는 옅은 미소를 지으며 그것을 물었다. 그 질문 덕에, 백현은 서민식이 제주도에서 검무희와 만났다는 것을 확인할 수 있었다.

"아니."

"그렇다면. 나를 찾기 위해 우연히 이 섬에 온 겁니까."

"그것도…… 아니야. 내 친구가 제주도를 떠나면서 좀 이상했다길래. 여기서 무슨 일을 겪은 건가 확인해 보려고 온 거지."

"결국은 그 만남 때문이군요."

검무희가 풋 웃으며 대답했다.

하지만 후회는 없었다. 서민식과 굳이 만났을 때, 당연히 이렇게 될 것임은 알았다.

서민식이 검무희와 만났다는 것을 다른 사람에게 말하지 않겠다고는 했었지만. 결국, 자신의 존재를 누군가에게 노출하게 되는 것이니까.

"의도하지 않은 만남이었다지만, 피하지 않은 것은…… 그때와 다르다는 자신이 있기 때문입니까."

백현은 천천히 고개를 끄덕거렸다.

"그거면 되었습니다."

검무희는 후련하단 투로 중얼거렸다. 그러고는 품 안에서 무언가를 꺼냈다. 서민식에게 건네받았던 카드였다.

"고맙다는 말을 전해주세요."

검무희의 손을 떠난 카드가 백현에게 다가왔다. 백현은 카드를 받으면서 눈썹을 찡그렸다.

카드에 새겨진 이름을 확인하고서, 백현은 작은 소리로 말했다.

"굳이 돌려줄 필요까지야."

"어느 쪽이 되었든 내게는 더 필요가 없습니다…… 만약, 내가 여기서 당신을 죽인다면, 죄책감에서라도 그걸 사용해선 안 되는 일이니."

"날 죽이지 못한다면?"

"그러면 더더욱 필요 없게 되겠지요. 당신이 날 죽일 테니까."

[……내 생각은 바뀌지 않아.]

봉제 인형이 작은 목소리로 중얼거렸다.

[그때 말했던 대로야. 저건…… 천의무봉이 아니야.]

직접 보는 것으로 확인했다. 천의무봉의 혼은 이미 망가졌다. 저건, 검무희일 뿐이다.

검령이 빚어낸 육체에 검무희라는 자아가 태어났고, 천의무봉의 기억이 미혹으로서 남아 있는 것뿐이다.

[저 안에 검령이 있어.]

'……그거면 됐어요.'

백현은 실망하지 않은 투로 중얼거렸다.

그는 아직 혹시 모를 희망을 가지고 있었다.

흑장미여왕과의 만남은 그 희망을 어느 정도 배신했다. 그녀 또한 악몽의 결정자와 다를 것 없는 말을 해주었다.

하지만 천의무봉의 파괴된 혼으로 언데드를 만들거나, 검무희와 검령을 완전히 죽여 버리는 것으로 천의무봉의 혼을 해방시키는 것과는 다른 해결책을 제시해 주었다.

해봐야 아는 것이지만.

"짧은 시간이었습니다."

검무희가 중얼거린다.

"그 시간 동안, 내 미혹을…… 제대로 보려 했습니다. 어느 정도 답은 구했습니다. 나는 천의무봉이 아닙니다."

한 자루의 검이 나타났다. 뻗어진 손이 검을 잡았다.

"나는 분명히, 나입니다. 하지만…… 그를 자각하는 것이 우리의 문제에 완전한 해답이 되지는 않겠지요."

"그럴 수밖에."

"당신은 우자를 압니다. 나는…… 우자를 모릅니다. 하지만 내 기억 속에 우자라는 이름이 깊이 새겨져 있군요."

백현은 대답하지 않았다.

바람에 흩날리는 머리카락을 손으로 누르며, 검무희는 엷은 미소를 지었다.

"결국. 당신과 나는, 하고 싶은 대로 해야만 하는 겁니다. 당신을 죽이는 것이 내가 진정한 '나'가 되는 것으로 이어질지는 모르겠습니다. 하지만 내 안에 있는 검령이, 당신에 대한 꾸준한 살의를 발하고 있어요."

"그래서 날 죽인다고?"

"그렇게 한다면, 적어도 그 살의에서는 해방될 수 있겠죠……. 당신은 어떻습니까. 당신이 죽이고자 하는 것은 나입니까, 검령입니까?"

"검령."

"싫어도 저항할 수밖에 없겠군요."

"그래서 이렇게 된 거지."

백현은 씁쓸한 투로 중얼거렸다.

배제해야 할 대상은 검무희가 아닌 검령이다. 하지만 검령을 배제하기 위해서는 우선 검무희를 넘어야 한다. 검무희가 얌전히 있으려 해도, 그런 상황이 된다면 검령이 날뛸 것은 자명한 일이다.

"그렇다면 되었습니다."

검무희가 고개를 끄덕거렸다. 그 이후에 검무희의 얼굴에 웃음은 남지 않았다.

금속처럼 싸늘한 눈이 백현을 보았고, 백현은 마음을 가다듬었다.

"난, 나를 지키기 위해 싸우겠습니다."

그거면 되었다.

백현도 고개를 끄덕거렸다.

"천의무봉이 겪은 일이 안타까운 비극이라는 것은 압니다. 검령에 희롱당한 우자에게도 연민을 느낍니다. 하지만…… 그건 내가 한 일이 아니죠. 내 안의, 내가 아닌 검령이 한 일일 뿐."

가슴 속에서 추악한 감정이 피어오른다. 검무희의 감정이 아니었다. 그녀의 근원이라 할 수 있는 검령이, 백현을 도륙 낼 살의를 발하고 있었다.

검무희는 그 감정을 굳이 외면하지 않았다.

"날 이기적이라 생각합니까."

"아니."

백현은 주먹을 쥔 손을 들어 올렸다.

"이기적인 것은 나야."

시커먼 어둠이 백현의 손을 뒤덮었다.

"그게 미안할 뿐이지."

검무희의 눈매가 둥글게 휘어져 웃음을 만들었다. 그 안의 눈동자는 살의에 범벅되어 있었다.

저 웃음은 검무희가 짓는 것일까, 검령이 짓는 것일까.

어느 쪽이든 이상하지 않을 일이다. 백현이 하고자 하는 일은 결국 검무희의 자아를 침범하는 일이다. 백현은 자신이 이 기적이라는 것을 부정할 생각은 없었다.

하지만. 검무희는 위험하다. 꼴같잖은 자기 합리화가 아닌, 틀림없는 사실이다. 검령을 몸 안 깊숙이 지니고 있는 검무희는 언제 폭발할지 모르는 시한폭탄 같은 존재다.

'……그래서 이러는 건 아니지만.'

그 생각을 멀리 보내 버린다. 백현이 검무희와 싸우는 것은, 저 위험천만한 존재를 배제하여 세상을 위하겠다는 이유가 아니다. 그리 거창할 것 없는 사적인 이유다.

예리한 흐름이 덮쳐온다. 참격이 날아오기도 전이었다. 이어 덮칠 공격에 대한 예고인가 싶었다.

백현은 물러서는 대신에 앞으로 나아가는 것을 택했다. 쭉 내민 발이 흐름의 중심으로 들어갔다.

새카만 빛에 휘감긴 양팔이 좌우로 들렸다. 터져 나온 힘이 흐름을 밀어냈다. 검무희와의 거리가 가까워진다.

어깨에 타고 있던 봉제 인형이 급히 뒤로 물러섰다. 다음 의체는 변신 로봇이 되고 싶다고 말하더니, 저 인형 몸뚱이에도 꽤 애착이 있는 모양이었다.

심안에 힘을 준다. 로즈덤에서 침식을 잊고 마기를 수행했다. 마기가 발생시키는 인위적인 흐름을 통제하는 과정에서 백현의 천의무봉은 진보했고, 덩달아 심안의 수준도 함께 올랐다. 덕분에 검무희의 검이, 이전에 싸웠을 적보다는 잘 보였다.

하지만 보이는 것을 무조건 신뢰할 수는 없었다. 아무리 이전보다 밝아졌다고 해도, 검무희의 심안은 백현보다 밝을 것이다.

카가각!

백현이 내지른 손과 검무희의 검이 정면에서 충돌했다. 그 순간에 백현은 어깨를 살짝 움직였다. 충돌 직후의 일이었다.

백현의 손이 아슬하게 검신을 스치고 더 앞으로 전진했다. 품 안을 노리고 들어오는 손, 당연히 검무희는 그것을 내버려두지 않았다.

머릿속을 떠도는 기억은 무시한다. 그것은 검무희가 아닌 천의무봉의 기억이었다.

왼손에서 검 한 자루가 새로이 쥐어졌다.

휘두른 검이 백현의 팔이 더 나아가지 못하도록 견제했다. 이어서 반대쪽 손에 쥔 검이 백현의 머리 위로 떨어졌다.

검은 전류가 터지며 백현의 모습이 사라졌다.

지난번과 같은 눈속임은 벌일 수 없다. 질풍신뢰를 응용한 눈속임으로 이득을 볼 수 있는 것은 딱 한 번뿐. 검무희 정도의 상대에게 똑같은 술수가 두 번이나 먹힐 리는 없다.

백현이 사라진 순간, 검무희는 즉시 심안의 시야를 확장시켰다. 지난번 호되게 당한 것은 잊지 않았다.

그러니 섣불리 움직이지 않는다. 백현이 확실하게 나타난 순간, 검무희가 검을 휘둘렀다.

'경계하고 있어.'

그게 오히려 다행이라고 여겨졌다. 질풍신뢰가 끝나기도 전에 공격을 퍼붓는 것이 당하는 입장에서는 버거웠는데, 지금은 순간이나마 대응할 틈이 있다.

그래 봤자 공격은 육체의 구성이 채 끝나기도 전에 들어온다. 극히 짧은 시간. 하지만 백현이라면 대응하기에 충분한 시간이었다. 뒤로 젖힌 상반신 위로 아슬아슬하게 참격이 스치고 지나간다.

백현은 몸을 바로 세우는 대신에 기세에 더해 몸을 아예 회전시켰다. 그 뒤에 공중을 박차고 앞으로 튀어나갔다.

검무희는 마주 나가는 대신에 두 자루의 검을 들고서 백현을 기다렸다. 살의에 범벅된 눈은 모순되게도 고요하게 느껴졌다.

들린 양팔이 천천히 움직이기 시작했다. 백현을 죽일 뻔했던 검무가 다시 한번 재현되려 하고 있었다. 섬뜩한 죽음의 예감이 몰아친다.

검무희를 휘감은 흐름에 예리함이 깃든다. 넓어지는 흐름은 거대한 폭풍 같았다.

그때 제대로 보지 못했던 것이, 이제는 보인다. 저 검무. 우자의 천의무봉을 닮았던 검무. 저것은 검무희가 만들어내는 세상 자체였다. 멈추지 않는 칼부림으로 가득 찬 지옥.

저번에는…… 저 세상이, 너무나도 멀게 느껴졌다.

멀게 느껴지는 것은, 가까이 다가가지 못했기 때문이다. 다가가려 했지만, 검이 오지 마라 막았고, 억지로 몸을 들이밀 때마다 참격이 팔다리를 베어냈다.

'그때와는 달라.'

똑같았다면 오지 않았다.

백현의 몸이 한층 더 가속했다. 검무희가 만들어낸 세상이 가까이 다가온다.

백현의 걸음이 세상의 중심으로 나아갔다. 검무가 펼쳐진다. 두 자루의 검이 원을 그리는 것이 시작이다. 시린 은광이 흐르며 검의 흐름을 만든다.

검무가 이어질수록 검무희의 세상은 보다 끔찍한 완성도를 갖추어간다.

백현은 멈추지 않았다. 세상의 중심에 서기 위해서는 중심을 향해 나아갈 것.

뻔한 일이지만 쉽지는 않다. 검무희의 세상에 들어온 순간부터 죽음은 코앞에 있었다.

목을 감싸오는 수많은 흐름을 손으로 걷어낸 순간.

쇄혼이 펼쳐졌다. 심장이 폭주하듯 뛰었다. 단전에서 터져 나온 내공의 격류가 기혈을 관통했다.

호흡을 다듬을 틈도 없이 백현은 '생각대로' 움직였다. 수많은 흐름이 백현의 손에 걷힌다. 그 빈자리를 자신의 흐름으로 채워간다.

검무는 멈추지 않는다. 느리게 시작된 검무가 점차 빨라진다.

그 춤은 검만으로 펼치는 것이 아니었다. 검무희 자체가 검이 되었고, 그녀가 춤을 추었다. 얼기설기 엮여오는 참격이 파훼하기 힘든 흐름이 되었다.

백현은 주먹을 쥐었다.

꽈아앙!

내지른 주먹이 공간을 으깨 버렸다. 엉킨 흐름이 부풀어 터졌다.

주먹이 아릿했다. 보진 않았으나 주먹이 깊이 베였음은 알았다. 하나 멈추지는 않았다. 베인 것뿐인 상처다.

더 강한 힘을 실어서 재차 주먹을 뻗는다. 아직 재생되지 않은 상처가, 앞선 흐름과 더불어 백현이 실은 힘에 터져 나갔다.

팔이 통째로 날아가는 것 같았지만, 신경 쓰지 않았다.

다가갈 수 없었던 세상이다. 저번에는 맞서는 것조차 하지 못하고 갈기갈기 찢겨 버렸다.

하지만 지금은 흐릿하게나마 보았다. 이 세상을 만들어내는 흐름을. 검무희의 검무를.

오른팔을 더 움직일 수 없게 되었을 때, 왼팔을 움직였다. 뻗는 것이 아니라 휘둘렀다.

덮쳐오는 흐름을 전부 옆으로 밀어낸다. 그리고 발을 들어 걷어찼다. 흐름이 없게 된 공간에 백현의 힘이 가득 밀려들어 갔다.

터졌다.

푸확!

흐름이 크게 출렁거리다가 흩어졌다. 주저할 이유가 없었다. 백현은 속도를 크게 올리며 앞으로 가속했다. 이제 중심은 코앞이었다. 검무희가 그곳에 있었다.

검무희의 눈은 백현을 보고 있었다. 여전히 살기로 가득한……. 하지만 표정은 전혀 다르다. 초연하다 보일 정도의 옅은 미소. 백현이 다가오는 것에 어떠한 당황이나 경악이 없어 보였다.

그것이 순간 마음을 붙잡았다. 이런 적은 없었다. '적'으로 구분한 이상, 상대가 어떤 표정이든 간에 백현은 확실하게 죽여왔다.

죽이고 싶지 않은 상대. 생각해 보면…… 철혈궁의 사신장이었던 유기와 제종. 그 둘을 제외하면 죽이고 싶지 않다 생각한 상대는 없었다. 하나 그들은 의연하게 자신의 죽음을 받아들였다.

그 외에 다른 놈들. 죽고 싶지 않다 부르짖던 놈들. 머뭇거릴 가치가 없는 쓰레기들.

지금 검무희는 어떤가. 저 표정은…… 함정인가? 순간이나마 머뭇거리는 것을 의도한 것인가.

그렇다면 오산이다. 백현은 머뭇거리지 않는다. 잡힌 것은 마음뿐. 몸뚱이는 잡히지 않았다. 당연히 해야 할 행동을 하러 나갈 뿐.

검무희도 마찬가지였다. 초연하게 짓던 미소. 그 미소가 신기루처럼 사라진다.

동시에 검로가 바뀌었다. 당연한 저항이었다. 무수히 많은 참격이 백현을 노리고 쇄도해 왔다. 오롯이 백현을 위한 검무였다.

마왕의 인장이 두근거렸다.

백현의 몸 안 깊은 곳에서 문이 열렸다. 오직 마왕에게만 허락된 순수한 마기가 폭발적으로 뿜어져 나왔다.

파천신화공을 펼치며 붉게 물들었던 백현의 눈동자 속에 검은 어둠이 일렁거렸다.

로즈덤에서 그렇게 수행에 매진했음에도, 마기를 사용하는 '시작'은 여전히 이질적이었다.

이 난폭한 힘을 정말 사용해도 되는 것일까.

'쓸 수밖에.'

심안과 천의무봉만으로는 여기까지가 한계다. 덮쳐오는 흐름 전부를 상대하는 것은 버겁다.

이만큼 하게 된 것도 장족의 발전이다. 천의무봉과 심안의 경지가 오르지 않았다면 이미 진즉에 죽었다.

백현의 전신을 휘감은 파천신화공의 호신강기. 그것에 마기가 더해졌다.

'나'를 구성하는 모든 세포가 비명을 지르는 것 같았다. 내공과 마기는 어지간해서는 섞이지 않는다. 섞이지 않는 두 힘을 억지로, 최대한 통제해서. 심안이 욱신거리고 코에서 피가 줄줄 흘렀다.

심안으로 두 힘의 흐름을 본다. 상쇄되어 튀어 나가는 흐름을 일일이 통제하면서, 정확하게 맞물리는 그 순간.

그를 해내게 되는 것은 찰나였지만, 그 찰나에 검무희의 참격은 백현의 몸을 베어가고 있었다.

베이지 않는다. 마기와 강기가 합일되었다. 옆구리를 깊숙이 베어오던 검이 정지했다.

아니, 정지한 것에 그치지 않았다. 은색을 내뿜던 검신이 시커멓게 변색되고 균열이 전체에 번져 나갔다.

검무희의 눈이 이번 싸움에서 처음으로 놀람을 담았다. 그녀는 급히 검을 놓았다.

흐름이 일그러진다. 검무로 만든 세상이 바뀌어 간다. 백현을 도륙하려던 흐름이 모조리 정지했다.

검을 버린 검무희는 급히 뒤로 물러섰다. 심안이 흐름을 본다. 일그러진 흐름은 백현을 중심으로 휘몰아치고 있었다.

"……그게 대체 뭐죠?"

이해할 수 없는 기현상.

아니, 저게 무엇인지 알고는 있다. 마룡왕이 전력으로 내뿜는 용마력이나, 흑장미여왕의 마기. 그런 종류의 이질적인 힘들이 저것과 비슷한 흐름을 만들어내곤 했었다.

그 순간에 검무희는 깨달았다. 백현이 조율하는 힘은 흑장미여왕의 마기와 닮아 있었다.

'……아냐, 달라.'

닮았을 뿐, 마냥 똑같지는 않았다. 흑장미여왕의 마기는 저만큼 난폭하지 않았다.

강기와 뒤섞은 마기는, 검무희의 심안을 통해 보아도 대체 어디서부터 베어나가야 할지 알 수 없을 정도로 혼잡했다. 저건 오히려 어비스를 가득 채운 혼돈과 닮아 있었다.

그게 가능키나 한 일인가. 어떻게 인간이, 그것도 어비스가 아닌 곳에서 혼돈과 닮은 힘을 쓸 수 있다는 걸까.

믿을 수 없는 일이었지만 틀림없는 현실이었다.

"파천강기."

백현은 호흡을 가다듬으며 내뱉었다. 크게 생각해서 만든 이름은 아니었지만, 내뱉고 나니 그럴듯했다.

물론 검무희는 그 이름을 듣는다고 해서 저 힘이 무엇인지 이해하지는 못했다. 하지만 더 묻지도 않았다. 지금의 둘은 적이었다.

'정신을.'

자기 암시처럼.

'꽉 잡아야 해.'

이 힘은 백현이 만들어낸 것이지만, 까딱하면 이쪽을 집어삼킬 만큼 파괴적이다.

파천강기가 크게 부풀어 올랐다. 검무희의 손에서 새로운 검이 만들어졌다.

저 알 수 없는 힘이 얼마만큼의 위력을 지녔는지 도저히 가늠이 되지 않았다. 하지만 파천강기가 만들어내는 흐름은 경계심을 갖기 부족하지 않았다.

검무희가 달려들었다. 두 자루의 검이 폭발적으로 쏘아졌다. 공간이 수십 갈래로 찢기며 그 안에서 참격들이 회오리쳤다.

그 날카로운 흐름이 백현에게 폭주했다. 뻐근할 정도로 힘이 모인 팔을 떨쳤다.

콰아앙!

천마강기가 정면으로 터져 나갔다. 덮쳐오던 흐름이 천마강기와 충돌했다. 그 즉시 백현은 손을 꽉 쥐어 당기며 천마강기의 흐름을 새로이 조율했다.

'아.'

심안을 가진 검무희는 지금 백현이 무슨 일을 벌이는 것인지를 볼 수 있었다. 이 공간의 모든 흐름이 백현에게 휘둘리고 있었다.

아무리 검무희의 심안이 백현보다 밝다고 해도, 흐름 전체에 간섭해 버린다면 밝은 눈은 이전만큼이나 압도적이지 않게 된다.

검무희의 입가에 엷은 미소가 피어올랐다. 가슴속에서 꿈틀거리는 감정을 외면하고, 그녀는 계속해서 앞으로 나아갔다.

미혹은 그녀를 가득 채웠으나 휘두르는 검에는 미혹 한 점 없었다. 하늘은 맑았고, 바람이 좋았다. 파도치는 바다가 바로 아래에 있었다.

휘두르는 검은 이전보다 예리하고 빨랐다. 아름답기도 했다. 파천강기가 만들어낸 흐름에 물러서지 않고 바로 정면으로. 춤추듯 휘두르는 검이 흐름을 베어낸다.

베어지는 흐름을 새로운 흐름이 대신한다. 맑은 하늘이 검게 물들어가기 시작했다.

은광이 빛나고, 박살 나는 것이 반복되었다. 정신이 아득했다. 검무희의 검은 걷어도 걷어도 끝이 없었고, 번번이 파괴해 나가도 즉시 새로운 검이 그 자리를 대신해 공격해 왔다.

어느새 백현의 전신은 피로 흠뻑 젖었다. 파천강기를 적극 활용하며 이쪽에 유리한 흐름을 만들고, 천의무봉으로 간섭해 검무희를 휘감는다.

검무희는 천의무봉을 모른다. 그녀가 할 수 있는 것은 그저 베어내는 것뿐.

너무…… 너무 잘 베는 것이 문제라면 문제였다. 끝을 향해 몰아붙였다고 생각했는데, 검무희는 다채로운 검법을 펼쳐가며 흐름 전체를 무한히 베어내고 있었다.

'그렇다면 베어낼 수 없도록.'

뒤로 넘긴 손에서 마기가 들끓었다. 주입된 내공이 마기와 얽혀 회오리쳤다.

강렬한 의념이 파천강기를 폭주시켰다. 시커먼 안개가 백현의 오른손을 휘감았다.

검무가 절정에 치닫는다. 끝없이 이어질 것만 같던 춤에도 끝은 온다. 두 자루의 검이 어느새 한 자루가 되었다.

그 춤사위는 우자가 펼치던 천의무봉과는 다르다. 이 춤의 대미를 장식하는 것은 천의무봉의 검무가 아닌, 검무희의 검무였다.

'충분해.'

초연한 웃음과 함께 춤사위를 이어나가는 일검이 떨쳐졌고, 흑운이 터졌다.

은빛 안개가 어둠 속을 떠돌았다. 검무희는 자신의 양손을 내려 보았다. 그녀의 손에 더 이상 검은 없었다.

펼친 손 너머로…… 바다가 보였다. 은빛 안개가 아래로 떨어진다.

박살 난 흐름, 검. 어느새 종장(終章)이다. 의식할 새도 없이 끝나 버린 춤이 아쉽지는 않았다.

"훌륭했습니다."

검무희는 작은 소리로 중얼거렸다. 시간이…… 느리게 느껴졌다. 활짝 펼친 백현의 손이, 아주 느리게 다가오고 있었다.

검무희는 조용히 웃으며 양팔을 내렸다. 저항 없이 받아들이려는 찰나에.

의외였다. 마룡왕의 얼굴이 떠올랐다. 그녀의 비원에 감화된 적은 없는데. 아주 짧게, 손을 잡았을 뿐인데. 스스로의 욕망을 모르던 자신과는 다르게, 자신감 넘치게 욕망을 떠들던 그 모습이 눈에 밟힌다.

'아.'

백현의 손이 가슴 앞으로 다가오는 것을 보며, 검무희는 눈을 감았다.

'나는 그것이 부러웠구나.'

이제 와서 깨닫기에는 모든 것이 늦어버렸다. 마룡왕은 이곳에 없으니까.

아니. 늦지 않았다.

검무희의 눈이 의지와 다르게 번쩍 뜨였다. 외면했던 끔찍한 자아가 그녀의 의식을 집어삼켰다.

'아.'

저항은 불가능했다. 검무희의 근원이라 할 수 있는 의식이 무의식에서 부상했다. 쭉 감정적 편린으로만 남아 있던 그 존재가 작정하고 전면에 나서자, 아무리 붙잡으려 해보아도 검무희의 의식은 저항할 수가 없었다. 결국에는 실 끊어진 연처럼 날아, 깊이 가라앉았다.

"위험."

다급히 내뱉은 것은 비명이나 당황 어린 말이 아니었다. 다가오는 백현에 대한 경고였다.

검무희가 시간의 흐름을 느리게 느꼈듯, 백현도 똑같았다. 시린 칼날이 등골을 후벼 파는 것만 같은 섬뜩함이 밀려왔다.

검무희가 경고를 발하기 전에 백현은 이미 무언가 위험하다는 것을 느끼고 있었다.

그건 지난번과 똑같았다. 검무희를 몰아붙였을 때. 승리를 확신했을 때. 그 순간에…… 검무희에게 '무언가'가 일어났다.

그녀의 몸에서 셀 수 없이 많은 칼날이 튀어나왔다. 한 끗 차이로 죽음을 모면하기는 했지만, 간신히 죽지 않았다뿐이지 전신이 갈기갈기 찢겼다. 그 이후에 이어진 검무가 백현의 패배를 확정 지었다.

'하지만 그때는 경고 따위 해주지 않았어.'

심안을 부릅뜬다. 거리가 좁혀지는 와중에 백현은 검무희를 꿰뚫어 보았다. 그녀의 몸을.

흐름 없이 텅 빈 그곳에서, 무언가가 번뜩였다.

똑같았다. 칼날들은 갑자기 나타나, 검무희의 몸 안에서 뿜어져 나왔다. 지난번과 똑같다면 당할 이유가 없었다.

이미 경계하고 있었기에, 백현은 주저하지 않고 몸을 비틀었다. 무수히 많고, 다양한 형태의 칼날들이 백현을 덮쳤다.

하지만 백현에게 치명적인 상처가 새겨지는 일은 없었다. 그는 정면에서 끝없이 쏘아지는 칼날을 파천강기를 통해 모조리 분쇄해 가며 전진했다.

그의 눈은 여전히 검무희를 보고 있었다. 빛이 꺼져 있는 눈동자.

검을 잃었을 때 검무희는 미소 짓고 있었다. 그 순간에는 살기 범벅이었던 눈마저 초연한 빛을 담았다.

그건 연기 따위가 아니었다. 그 순간에, 검무희는 틀림없이 삶을 포기했다. 이곳에서 죽어 사라지는 것을 담담하게 받아들였다. 추하게 발악하지도 않았다.

생각해 보면, 그녀의 행동은 처음부터 지금에 이르기까지, 전부 다 모순투성이였다.

첫 만남에서 백현을 죽일 수 있었다. 죽이기 싫었다면 도망치면 되었고, 후에 마음이 바뀌었다면 백현을 찾아와 죽이려 했으면 된다.

당장 서민식과 접촉하고, 그를 살려 보낸 것조차 이해가 되지 않는다.

몇 번이나 물었던 '누구냐'는 질문. 그 질문의 대답은 항상 똑같았다. 천의무봉도, 검령도 아니다. 검무희는 자기 자신이 그 누구도 아닌 '나'라고 말했다.

자신의 것이 아닌 기억에 갈등하고, 백현을 죽이고 싶다는 살의가 자신의 것이 아님을 자각하고.

그렇게 떠났다. 찾기 힘들 것이란 말을 남겼지만, 실상은 이 꼴이다. 우연이 단서가 되었다고 해도, 정말 찾기 힘들게 하고 싶었다면 흔적 자체를 제공해서는 안 되었다.

서민식을 만나지도 말아야 했고, 제주도에 남아서도 안 되었다. 흐름도 남기지 말아야 했다. 결국은 찾아달라는 꼴 아닌가.

'알아.'

금속의 냄새가 코끝을 어지럽힌다. 박살 나 흩어지는 철의 파편이 햇빛과 부딪혀 은광을 너저분히 내뿜었다.

그 너머에서 검무희의 눈동자는 빛이 꺼져 있었고 그녀의 '속'은 공허했다.

'이건 자살이지.'

의도하지 않은 만남이었다지만, 피하지 않은 것은…… 그때와 다르다는 자신이 있기 때문입니까.

그 질문에 고개를 끄덕거려 주었다.

그거면 되었습니다.

웃기는 대답이다. 적이 자신감을 보이는데 뭐가 되었다는 건가? 대체 왜 저 대답에서 안도를 느끼느냔 말이다.

백현은 손을 거칠게 뻗어냈다. 파천강기가 타오르며 흩날리는 파편을 모조리 소멸시켰다.

동해에서 자취를 감춘 검무희가, 그동안 뭘 했는진 모르겠다. 왜 그녀가 자신의 죽음을 선택했는지도 모르겠다.

우자와 천의무봉을 구원하고 싶다는 바람으로 이곳까지 왔고, 검무희를 몰아붙였다.

검무희는 죽이고 싶지 않다. 백현이 죽이고 싶은 것은 검령뿐이었고, 그 개새끼를 이제야 보게 되었다.

끝없이 뿜어지던 칼날의 기세가 줄어든다. 공허했던 검무희의 속에서 또렷한 빛 한 점이 떠올랐다. 그 빛은 소름 끼칠 정도로 요악했다.

"나와."

백현의 눈에 지독한 살기가 담겼다. 그는 꽉 쥐고 있던 주먹을 펼치며 빛을 향해 내질렀다.

검무희의 몸이 크게 흔들리고 빛이 백현을 향해 쏘아졌다.

꽈아앙!

백현을 휘감고 있던 파천강기가 크게 요동쳤다. 검무희의 몸이 뒤로 넘어갔다. 힘없이 늘어져 있던 팔다리가 꿈틀거렸다.

충돌로 인한 반발력은 굉장했다. 버텨내려 했지만 버틸 만한 수준이 아니었다. 힐긋 본 오른팔이 두 갈래로 갈라져 있었다.

'안 차길 잘했지.'

아라크네를 차고 있었다면 진즉에 박살 났을 것이다. 번번이 발렌시아에게 연락해 고쳐달라고 하기에도 미안하고 그래서 진즉에 빼둔 것이 다행이었다.

피투성이의 팔에서 시선을 떼어 앞을 보았다. 한 자루의 길쭉한 칼날이 검무희의 몸에서 튀어나와 멈춰 있었다.

얼핏 보면 칼이 검무희를 등에서부터 관통한 것처럼 보이기도 했지만, 칼날과 이어진 칼자루는 틀림없이 검무희의 안에 있었다.

우우우우…….

공간과 흐름이 진동한다. 백현은 재생된 손을 움켜쥐면서 앞을 노려보았다.

이렇게 될 것이라고는 어느 정도 예상했다. 운이 좋다면 이렇게 되기 전에 끝낼 수 있을지 모른다고도 생각했다.

'아냐.'

사실은 이렇게 되는 것을 바라고 있었다. 동해에서 검무희와 처음 만난 후로, 백현이 죽이고 싶어 하는 대상은 검무희가 아니게 되었다.

요악한 흐름이 번져 나간다. 튀어나온 검신이 푸들거리며 떨린다. 그와 함께 검무희의 몸도 진동했다.

[과연.]

어느새 봉제 인형이 근처에 있었다. 그녀는 흥미와 호기심이 듬뿍 담긴 목소리로 중얼거렸다.

[저게 본신이군.]

봉제 인형이 아니다. 악몽의 결정자였다.

푸확!

검신이 튀어나오면서 요악한 빛이 폭사했다. 검무희의 몸이 그 빛에 휘감겼다.

백현은 즉시 앞으로 나아가려 했지만, 인형의 팔이 백현의 뺨을 붙잡았다.

"왜요?"

[내버려 둬.]

"잘못되는 걸 수도 있잖아요."

[그건 아니야. 단순히 본신으로 변하는 것뿐이니까. 응, 오길 잘했네. 확실히 알았어.]

검무희의 몸을 감싸던 빛이 줄어든다. 하나 심안으로도 저 빛 안에서 무엇이 벌어지는 것인지는 알 수가 없었다.

[껍데기가 자아를 가졌구나.]

"……네?"

[검령이 본신. 의체가 방금 너와 싸운 검무희인 거야. 왜 저렇게 된 건지도 대충은 알겠어. 일종의 예장(禮裝)일까.]

알 수 없는 말이었다. 백현이 고개를 갸웃거리자, 악몽의 결정자가 마른 웃음소리를 냈다.

[본신으로 우자를 만나고 싶지 않았던 모양이야.]

빛이 사라졌다. 삼켜졌던 검무희의 몸은 더 이상 보이지 않았다. 대신에, 기다란 검 한 자루가 하늘에 떠 있었다.

[……부러져 있네?]

"우자가 부러뜨렸다고 했었어요."

따르던 심복들과 천의무봉이 검령에게 죽고. 검을 손에 쥐었을 때, 검령은 웃음소리를 내며 산으로 돌아가자고 말했었다.

우자는 그 말을 들은 즉시 분노에 차서 검을 부러뜨렸다고 말했었다.

그로 인해서인지 검의 검신은 도중에서부터 뚝 부러져 있었다. 그중 요악한 기운을 흘리는 것은 부러진 칼날 쪽이었다. 칼자루는 마치 잠든 것처럼 고요했다.

[아아.]

악몽의 결정자가 자그마한 탄성을 흘렸다. 저렇게 보게 된 이상 확실하게 이해할 수밖에 없다. 그만큼 지금의 검은 노골적이었다.

[네 적은 칼날이다.]

악몽의 결정자가 감탄 섞인 목소리로 말했다.

[저 검이 부러지면서 검령의 자아는 칼날에 남게 된 거야. 그렇다면 칼자루 쪽이 검무희겠지.]

"……천의무봉의 혼은?"

[칼자루로 살을 베어낼 수는 없지. 뭐, 고수라면 칼자루로 누군가를 도륙 내는 것은 쉬운 일이겠다만. 일반적인 경우라면 칼자루는 '쥐는 것'이고, 칼날이 '베는 것'이야. 피를 머금는 것 역시 칼날이고, 저주가 깃드는 것도 칼날이지.]

"칼날 쪽에 있다는 거네요."

[일반적인 경우라면 말이야. 뭐, 둘 다 잡아보고 확인하면 되지 않겠어? 확인이 가능하다면 말이지.]

악몽의 결정자가 킬킬 웃으며 말했다.

백현은 말없이 두 팔을 들어 올렸다.

[내 자아의 일부뿐만이 아니라, 나도 널 꽤 좋아해. 그러니까 오지랖 같은 조언을 해주지. 네가 지금까지 싸운, 힘겹게 몰아붙인 검무희는 '칼자루'였다는 거야. 왜 굳이 칼자루를 예장으로 삼았는지는…… 여러 가지로 추측할 수 있지. 자아가 대단하지 않아서 새로운 자아를 필요로 했거나. 저 본신을 내세우고 싶지 않았거나. 당장 떠오르는 것은 둘뿐이고, 둘 다라고 생각해. 더 있을 수도 있겠지만.]

후우웅!

공간이 일렁거리더니, 활짝 열렸다. 그 자그마한 구멍이 칼자루를 빨아들였다.

잠든 것처럼 고요하던 칼자루는 얌전히 구멍 안으로 사라져 버렸다.

그렇게 칼날만이 남았다.

[칼날이 칼자루보다 날카로운 것은 당연한 거야. 칼날 없는 칼자루는 써먹을 곳이 없지만, 칼날은 이야기가 다르지. 여전히 날이 서 있잖아? 하물며 저 칼날은 검령 자체. 검 한번 쥔 적 없고 재능도 일천하던 소년병을 천하를 논할 만한 고수로 만들고, 수백 년 이상의 신화를 가진 신격들과 맞설 만한 신격을 새로이 만든 존재라고. 지금이야 신격도 잃었다지만…… 쉬운 상대는 아니야. 분명히.]

"그렇겠죠."

백현은 감정의 동요 없이 고개를 끄덕거렸다. 홀로 남은 칼날이 섬뜩한 광채를 내뿜는다.

그건 백현에게 익숙한, '인간형'의 적은 아니었지만. 여태까지 백현이 만나 겪은 적 중에서 가장 끔찍하고 적대적인 살기를 내뿜고 있었다.

백현도 마찬가지였다. 저건 진짜로, 죽여 버리고 싶었다. 그 살의에는 여러 가지 감정이 복합되어 있었지만, 그중 가장 큰 것은 이것이었다.

저게 원흉이다. 우자에게 모든 것을 빼앗은 원흉. 우자가 죽음을 바라게 한 원흉.

저걸 죽여 버린다면. 나중에 우자를 만났을 때, 내가 당신의 원한을 갚았노라고 말할 수 있을 것이다. 그러니 자살할 생각 따위는 하지 말아달라고 부탁할 수도 있을 것이다.

백현은 심안을 다시 떴다. 칼날. 검령을 휘감은 섬뜩한 흐름 전체가 보였다.

그건 처음 보는 형태의 흐름이었다. 유연하지 않고, 자연스럽지 않다. 검령을 휘감은 흐름은, 검을 휘둘러 떨칠 때의 참격처럼 날카로웠다.

[그.]

검령이 진동했다.

푸확!

그것만으로 공간이 갈기갈기 찢겼다. 바다가 수백 갈래로 갈라졌고 바람이 분쇄기에 넣은 것처럼 잘게 잘게 쪼개졌다.

백현은 앞으로 손을 뻗었다. 파천강기로 이룬 결계가 무형의 참격을 가로막았다.

[눈.]

[내 거.]

[내가 준.]

[우자에게.]

더듬거리며 내뱉는 말이 이어질 때마다 공간이 살해되었다. 파천강기로 이룬 결계의 표면이 급속도로 마모되었다.

[넌 안 돼.]

[주지 않았다.]

[넌 우자를 알아?]

[알면 안 돼.]

뚝뚝 끊으며 뱉던 말이 이어져 문장이 되었다. 강렬한 살기가 보다 더 증폭되었다. 그 살기는 마치 세상 전체를 살해하려는 것처럼 끔찍하고 강했다.

[나와 우자의.]

[연결.]

목소리가 점점 강해진다. 두 귀로 듣는 소리가 아니다. 공간 전체를 울리는 귀곡(鬼哭).

정신이 찡하고 울렸다.

[원념만으로 귀신이 될 정도군.]

악몽의 결정자가 혀를 내두르며 중얼거렸다.

[하지만 이상해…… 귀신이 될 만한 원념이지만, 왜 검의 형태일까.]

"모르죠."

흩어지는 파천강기를 양의무극회환으로 수습했다. 마기를

보다 강하게 주입하며 새로운 파천강기를 만들어낸다.

칼날이 홱 움직였다. 허공에 반듯이 누운 칼날은 그 예리한 끝을 백현을 향해 겨누었다.

[웃기는 일이야.]

악몽의 결정자가 낄낄 웃었다.

[널 그토록 죽이고 싶어 했던 이유. 자신이 우자에게 준 눈을 너도 가지고 있다는 질투가 전부였어.]

칼날이 쏘아졌다.

백현의 입장에서 검령의 살의는 같잖기 짝이 없었다.

질투, 질투라?

아, 그래. 사실 입장을 이해하지 못할 것은 아니다. 우자에 대한 검령의 집착은 정말 광기라 할 만했으니까. 검령의 입장에서 '심안'은 그가 우자에게 준 것이었고, 오직 검령과 우자 둘만이 가지고 있는 것이어야만 했다.

그런 심안을, 누군지도 모를 놈팡이 새끼가 가지고 있는 것이다.

거기다 그 새끼가 우자의 이름을 알고 있고, 우자에 대해 떠들어댄다. 우자에 대한 집착만으로 그 엿 같은 일들을 벌인 검령으로서는, 백현을 죽이고 싶어 하는 것이 당연한 일이다.

하지만 그건 검령의 입장이다.

백현은 우자를 알고, 검령을 안다. 저 빌어먹을 요검이 어떤 끔찍한 짓을 했는지 알고 있다. 우자를 알고 있기에, 그것은 마냥 타인의 일이라 치부할 수 없다.

죽지 못해 살아가고 있는 우자가 죽지 않았으면 좋겠다. 언젠가 제대로 등선을 이루었을 때. 선계에서 다시 우자와 만나고 싶다.

명백한 살의. 검령은 백현에게 대화를 청하지 않는다. 백현 또한 마찬가지였다. 이 상황. 저런 적에게 대화는 필요하지 않다.

검무희는 백현이 싫어하는 타입의 적이었다. 마냥 죽이자니 찜찜하고, 검무희 또한 백현에게 뚜렷한 살의를 비추지 않았다.

그에 비해 검령은, 편하다. 죽여야 한다는 것에 대한 납득은 진즉에 끝냈다. 저쪽 또한 맹목적으로 백현을 죽이려 하고 있으니 백현 또한 맹목적이 될 수 있다.

악몽의 결정자가 전한 경고는 의식하고 있다. 칼자루와 칼날. 어느 쪽이 살을 베고 죽이는 쪽인지는 명백하다.

쇄혼을 통해 각성한 육체가 백현의 의지에 따라 움직였다.

그는 허공을 걷어차고 공간을 꿰뚫었다. 쇄도하는 칼날의 주변을 셀 수 없이 많은 참격의 흐름이 감싼다.

흐름이 덮쳐온다. 백현은 양손에 들끓는 파천강기를 정면으로 흩뿌렸다.

푸확!

시커먼 어둠이 먹물처럼 정면을 뒤덮었다. 백현이 만들어낸 흐름과 참격의 흐름이 충돌했다.

그건 일반적인 눈으로는 보이지 않는 격돌이었다. 서로 다른 흐름이 얽히고설킨다.

이윽고 섞이지 못해 흩어진다. 사방으로 튀어나간 참격이 공간을 도륙했다. 그 순간에 백현은 한 줄기 번개가 되었다.

질풍신뢰가 아니다.

빠지지직!

파천강기를 전신에 휘감은 백현은 나부끼는 흐름의 정중앙을 꿰뚫었다.

풍신랑의 절기였던 풍신질주. 그것에 끔찍한 폭력성이 더해졌다. 백현이 발산하는 파천강기가 더, 더 많은 흐름을 파생시켰다.

검령은 물러서지 않는다. 칼자루 없이 부러진 칼날이 요악한 빛에 휘감겼다. 반듯이 누운 칼날이 붕 휘둘러졌다.

참격은 공간을 양단해 가면서 백현을 덮쳐온다. 백현은 그 섬뜩한 예리함을 상대로 일권을 내질렀다.

쩌어엉!

서로가 밀려났다. 백현은 피를 내뿜는 팔을 무시하고서 더욱 앞으로 전진했다. 칼날이 빙글 회전하더니 백현의 몸을 찔러 들어왔다. 섬전과 같은 찌르기였다.

백현은 활짝 편 왼손을 내질렀다. 그의 손바닥을 감싸고 있던 파천강기가 그 불길함을 더욱 증폭시켰다.

충돌 직전, 칼날의 움직임이 돌변했다.

검수를 상대할 때, 보아야 할 것은 검뿐만이 아니다. 검수 자체를 보아야 한다. 검을 쥔 손, 팔, 어깨부터 해서 땅을 딛고 선 발의 모양과 허리, 가슴…… 눈. 결국 검을 휘두르는 것은 검수이기에, 검수를 제대로 보아야만 검이 어찌 움직일지 알 수 있다.

하지만 지금 백현의 적은 검수가 아니다. 검뿐. 검수를 봄으로써 움직임을 예측할 수는 없다.

심안?

검무희가 가진 심안은 검령도 가지고 있다. 흐름을 보아 움직임을 예측하는 것도 불가능하다.

'단순 무식할 줄 알았더니.'

그런 예상은 오판이었다. 검령의 공격은 그 성격만큼 단순 무식하지 않았다.

대뜸 움직임을 바꾼 검이 백현의 공격 반경 너머로 벗어난다. 그 후에는 텅 빈 허공을 힘 있게 가른다.

심안이 덮쳐오는 흐름을 보았다. 백현은 재빨리 몸을 비틀었다. 끄트머리가 베인 머리카락이 흩날렸다. 그것을 뒤로하고 백현의 몸이 전류에 삼켜졌다.

질풍신뢰.

튀어나온 즉시 칼날을 향해 손을 뻗는다. 충분히 닿는 거리다. 칼날이 회전했다. 베고 찌르기만 하던 단순한 움직임이 아니다.

한 바퀴 돈 칼날의 끝이 백현을 겨눈다. 거기서 멈추지 않았다. 칼날을 휘감은 요악한 힘. 그것이 길게 늘어져 출렁거렸다.

'검법.'

늦지 않게 직감했다. 백현은 단순한 대응법을 버리고 상대를 더 없을 검의 고수로 규정지었다.

힘주어 뜬 심안으로 넓은 시야를, 흐름의 움직임을 본다. 예측이 아닌 당장의 현상을 대처하기 위해서였다.

사출한 파천강기가 공간을 잠식한다. 칼날이 발산하는 흐름을 상쇄하기 위해서였다.

'과연.'

칼날. 검령의 검기는 기기묘묘했다. 저런 식의 검법은 겪어본 적이 없었다.

검무희의 검도 대단했지만 검령은 그보다 더 높은 수준에 있었고, 필살의 의지가 가득했다.

활짝 편 일장을 검로 도중에 밀어 넣는다. 부풀린 파천강기를 폭사시키며 검로를 흩뜨리려 해보았지만, 칼날은 그 아래를 도도히 흐르며 백현과의 거리를 좁혔다.

기다렸다는 듯이 수도를 정면으로 내찌른다. 하나 칼날과 맞닿는 일은 없었다.

누구도 쥐지 않은 칼. 손잡이 없는 칼날은 백현의 움직임보다 자유로웠다.

폭발적으로 오른 속도가 찌르기를 만든다. 백현은 목이 부러질 정도로 격하게 머리를 돌렸다.

푸확!

파천강기가 흩어졌다. 백현의 뺨에 얇은 실선이 그려지고 피가 튀었다. 뺨을 스치고 지나간 칼날이 방향을 돌린다.

연이어 찌르기, 한번 찔렀을 뿐이나 그에 파생된 공격은 무한에 준했다.

홱 몸을 돌린 백현의 양손이 허공을 짧게 격타했다. 검령의 공격을 모조리 막아내면서 발을 뒤로 끈다. 심안이 '흐름'을 본다.

간파, 흐름 도중에서 살기가 뿜어진다. 이번에는 물러서지 않았다. 백현은 발을 내디디며 몸을 들이밀었다.

어깨가 관통되려는 순간에 질풍신뢰, 의도적으로 념(念)을 고이게 두었다. 만들어진 잔상이 칼날에 관통된다. 단순 눈속임, 속은 듯하나 속지 않는다. 칼날이 분영했다.

구성된 념체가 무수히 많은 칼날에 도륙된다. 피도 튀지 않고 살점도 흩어지지 않았다.

백현은 속이 울렁거리는 것을 참고서 질풍신뢰를 도중에 끊었다. 막 육체로 빚어지던 념체가 흩어지고 만다.

백현은 조금 위에서 양손을 치켜들고 있었다. 마주 본 손바닥 사이에서는 파천강기가 들끓는다.

꽈아앙!

흑운이 떨어졌다. 넘체를 갈기갈기 찢던 칼날의 끝이 막 백현을 향했을 때였다. 파괴한다는 일심을 모아 펼친 흑운이 하늘과 바다를 잇는 시커먼 선을 만들었다.

관통된 바다가 선 근처에서 포말을 만들었다.

흑운 안에서 칼날이 파들거리며 떨린다. 백현은 이를 악물고 정신을 집중했다.

그는 오른손만으로 흑운을 통제하며, 활짝 편 왼손으로 칼날을 겨누었다. 파직거리는 전류가 왼손을 휘감았다.

흑운을 구성하는 파천강기의 흐름이 왼손에 잡힌다. 백현은 천의무봉으로 그 흐름에 간섭했다. 그 간섭은 흐름을 밀어내거나 하는 식이 아니었다.

더 강하게.

뿌드득!

백현의 손가락이 비틀렸다. 너무 거센 흐름이라 천의무봉으로 통제가 힘들다.

하지만 힘들 뿐이지, 불가능하지는 않다. 저건 마구잡이로 날뛰는 혼돈이 아닌, 백현이 만들어낸 힘이다.

[맙소사.]

조금 거리를 두고서 전투를 지켜보던 악몽의 결정자가 경악 섞인 목소리를 냈다.

그녀는 심안은 가지고 있지 않았지만, 지금 백현이 하는 일이 얼마나 대단한지는 알 수 있었다. 저만한 힘을 한낱 필멸자가 어찌 감당, 아니, 통제한단 말인가?

[아니, 정말 놀라운 것은…….]

검. 저 신적인 힘에 휘감기고서도 검이 내뿜는 요악한 빛은 그 기세가 거의 줄지 않았다. 폭포처럼 쏟아지고 있는 어둠 속에서도 검의 요력은 아직까지 건재했다.

저 검이 심상찮은 물건이라는 것은 안다. 하지만 그래 봤자 검이다. 오래된 물건이 정령이 되거나 귀신이 된다는 것은 흔해 빠진 이야기지만, 저 검의 힘은 너무 과하다.

그건 백현도 느끼고 있었다. 천의무봉을 펼치고 있는 왼손이 부들거리며 떨린다.

손가락 마디마디가 부러지고 재생되는 것이 반복되고 있다. 이마에 맺힌 땀이 뚝뚝 떨어진다. 이를 악물고 뜨고 있는 심안이 무언가를 보았다.

그것은 도저히 현실의 존재라고 생각되지 않았다. 아니, 애당초 저것을 '존재'라고 부르는 것이 정녕 바른 일인지조차 알 수 없었다.

눈으로는 보이지 않는다. 하나 심안은 그것을 보고 있다. 무언가가 칼날과 연결되어 있었다.

……검령? 아니다. 저런 존재가 검령일 리가 없었다.

흠칫 느껴진 오한. 심안이 확장되었다.

시야가 기묘하다. 분명, 자신의 눈이고 심안인데. 다른 누군가가 자신을 지켜보는 것만 같은.

백현은 바다 위에서 검령과 힘 씨름을 하고 있는 자신을 '보았다'. 그건 마치 자신이 찍힌 영상을 보는 것만 같았다.

검령과 연결된 무언가가, 백현과도 연결되어 있었다.

'무(武).'

누가 알려준 것도 아닌데 스스로 깨달았다.

천무성. 무의 축복을 받은 체질.

스승인 무신마는 우자의 천의무봉을 두고서 파천신화공과 닮았다고 말했다.

무공이라기보다는, 무 그 자체. 천의무봉, 심안…….

우자에게 들었다.

'검'은 이름난 장인이었던 신공이 마지막으로 두들겨 만든 물건이고, 검릉에 감춰져 있었다.

군대 전체를 희생한 끝에 장군과 우자는 검릉의 끝에 도달했고, 검은 제단 위 하늘에 떠 있었다.

누구에게 바치는 제단이었나. 무인이 아닌 장인에 불과하던 신공이, 어떻게 저런 검을 만든 걸까.

무의 축복을 받는 천무성. 심안뿐만이 아니라 '검'이라는 무기의 극의를 깨우친 것 같은 검기.

'무의 축복?'

혹은, 무 그 자체.

빠지직!

흑운이 깨졌다. 천의무봉에 집중하던 왼손이 버티지 못하고 아작 났다. 왼팔을 돌볼 틈은 없었다.

백현은 고함을 내지르며 오른손을 뻗었다. 어느새 시야는 평소대로 돌아왔다.

신공이 무에 바치기 위해 검령을 만들었는지, 완성된 검에 무가 깃든 것인지, 백현이 알 바가 아니었다.

하나 검령에 대한 살의는 제쳐두고서 솔직히 인정할 수밖에 없었다. 저 '검기'는 대단했다. 오른손이 통째로 갈라진다. 살, 근육, 뼈. 그것이 한 번에 베어졌다. 백현은 늦지 않게 몸을 비틀었다. 오른팔을 둘로 갈라낸 참격이 어깨를 훑었고, 결국 오른팔이 썩둑 잘려 나갔다.

아프다.

즐겁다.

백현은 큰 소리로 웃음을 터뜨렸다. 저것이 정녕 무에 공양되어 무의 축복이 깃든 검이라면. 심안, 천의무봉, 그 터무니없는 무학을 개념으로서 이해하기 힘든 것은 당연한 일.

그게 뭔 대수란 말인가. 조건은 다를 것 없다. 백현이 부족한 것은 전혀 없다. 그는 천무성이고, 똑같은 천무성인 스승이 무 그 자체를 담아냈다는 파천신화공의 계승자였다.

누가 더 무의 축복을 많이 받았느냐의 승부가 아니다. 누가 더 맹목적이었는가. 누가 더 충실했는가.

만들어졌을 뿐인 검이다. '검'이라는 병기와 연결된 무가 놈에게 깃들었다고 해도. 저 끔찍한 요검이 집착과 광기를 지녔다고 해도. 놈의 집착과 광기는 무에 향해 있지 않다. 놈 역시 맹목적이고 충실했을지언정 백현과는 추구한 방향이 다르다.

여전히 검령과 연결된 흐름이 보인다. 백현 역시 그 흐름과 연결되어 있었다. 절단된 오른팔이 눈앞에서 재생했다.

왼손은 이미 멀쩡했다. 백현의 머릿속에 여태껏 추구하던 모든 것들이 해체되어 나열되었다.

천무성으로 태어난 것은 백현의 선택이 아니었다. 하지만 그렇게 태어나 지금까지 온 것은 백현의 선택이었다. 스승을 만난 이후로 지금에 이르기까지.

무공을 수행하라 강요한 것은 스승이 아닌 백현 본인이었다. 잘해서, 재밌어서, 더 강해지고 싶어서.

'여전히 나는 바깥.'

그렇다면 들어가야지. 더 가까이.

수백, 수천 자루의 검이 백현의 주변을 에워싼다. 공명한 검들이 귀곡성을 터뜨리며 흐름을 들끓게 한다.

백현은 겁 없이 더 발을 들이밀었다. 그는 흐름의 중앙으로 들어갔다. 그곳이 바로 백현이 부수어야 할 세상이었다.

세상은 누구 하나를 특별히 여기지 않는다. 특별하게 되려면 스스로가 발을 내디뎌야 한다.

시간이 멈춘 것 같다. 셀 수 없을 정도로 증식된 검들은 여전히 공명하고, 무(武)의 한 갈래로 존재하는 검이라는 병기의 극의를 담아, 뽐낼 준비를 하고 있었다.

그 한가운데에 선 백현의 존재는 하나라는 단수일 뿐이었다. 저들과 연결된 흐름, 그중에서 유별난 무의 근원을 본다.

그것은 살아 있지도 않았고, 자아를 가진 존재도 아니었다. 그저 '무'라 불리는 추상적 개념에 지나지 않는다.

그러한 개념은, 천무성인 백현과도 강하게 연결되어 있다. 지금 백현이 존재하고, 이만한 힘을 가진 것은 그가 천무성이고 무의 축복을 타고났기 때문이다.

무를 아느냐.

처음 들었던 질문.

무가 무엇인지 알겠느냐.

도원경에서 마지막으로 들은 질문.

차차 알아가려 합니다.

그렇게 대답했었다.

지금은 다른 대답을 할 수 있을 것 같았다.

백현을 자신과 연결된 흐름이 사라지는 것을 느꼈다. 그러한 흐름에서 벗어나 더 앞으로 향하기 때문이었다.

"나."

오만하기 짝이 없는 선언을 준비했다.

"바로 내가."

백현의 손이 앞으로 향했다. 멈췄던 시간이 움직이고, 수많은 검이 백현을 덮쳤다.

백현은 마저 남은 걸음을 내디뎠다. 그는 세상의 중심으로 다가갔다.

"……언젠가는."

아직은 너무 이르지.

백현은 피식 웃으며 중얼거렸다.

처음으로 서게 된 세상의 중심은, 탁 트여 전망이 좋았다.

4장
난 널 부숴 버리고 싶다

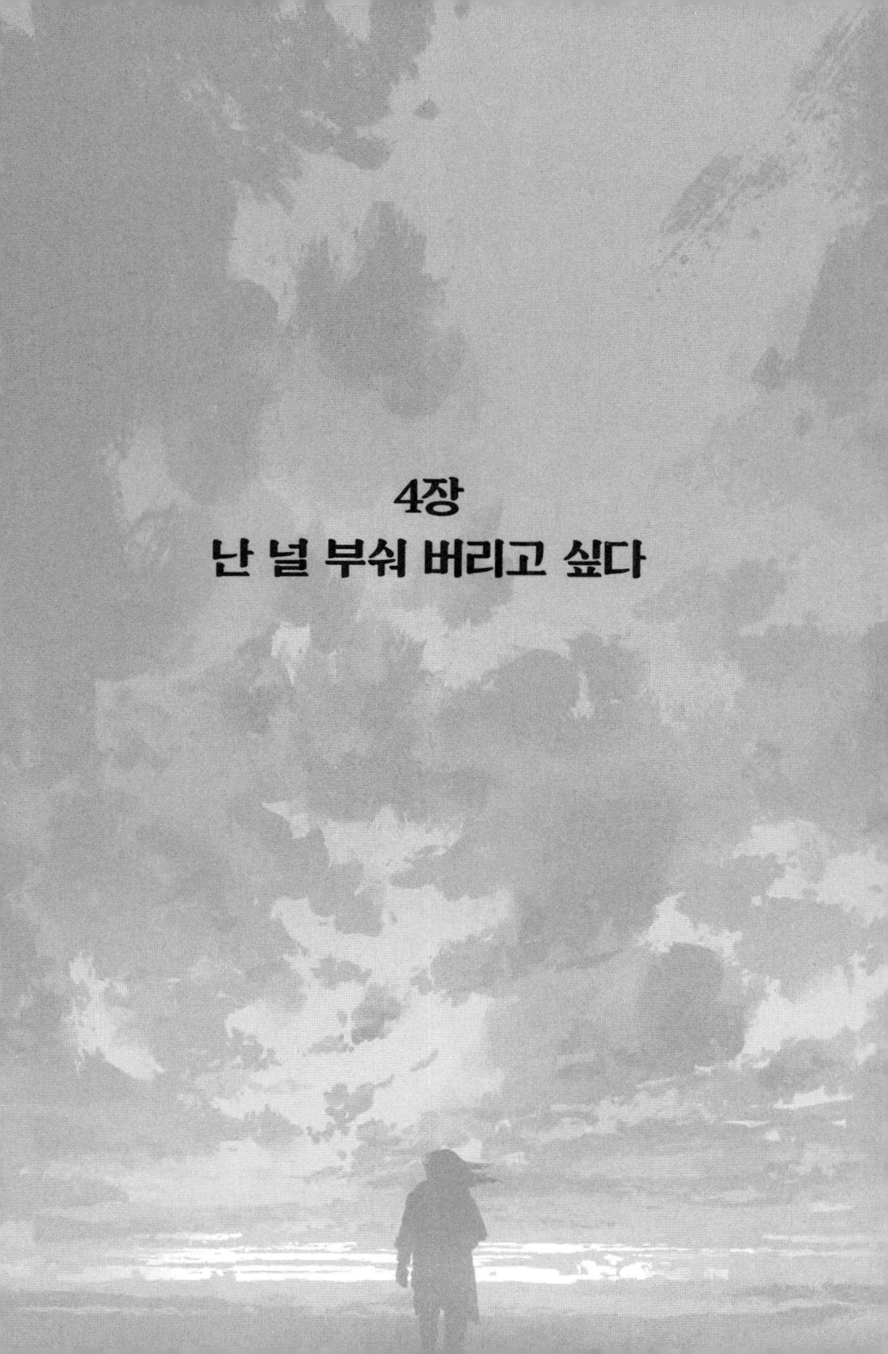

시야를 즐길 시간은 길지 않았다. 가득한 검들이 여유를 주지 않고 공격해 온다.

백현은 들뜬 마음을 가라앉히고, 고조된 정신을 각성시켰다. 해방감과는 다른 기분이다.

그는 여전히 천무성이었다. 하나 천무성과 무(武)라는 개념.

우자가 한 말과 똑같다. 세상이 내가 되는 것이 아니다. 내가 세상이 되는 것이다.

백현은 저러한 개념들에 더 이상 얽매여 있지 않았다. 나 자신이 무(武)라는 오만한 선언은 당장은 이른 것이겠지만, 언젠가는 그리될 것이란 분명한 확신을 지녔다.

중심에 섰다고 하여 천의무봉을 대성한 것은 아니다. 하지만 '이해했다'.

여태까지는 겪어본 적이 없던 시야. 중심에 서본 적이 없기에 이곳의 경치를 알지 못했다.

천의무봉의 극의가 무엇인지, 꽤 오랫동안 천의무봉을 써왔음에도 알지 못했던 그것을 이제는 알게 되었다.

검령의 수많은 공격들은 '검'으로 펼칠 수 있는 무의 극의를 담고 있다.

어떤 검은 빠르고 어떤 검은 느리다. 어떤 검은 무겁고 어떤 검은 가볍다. 어떤 검은 변화무쌍하며 어떤 검은 불변했다. 그 외에도 모든 검의 움직임이 다르다.

보다 밝아진 심안이 그 모든 것을 본다. 탁 트였던 시야가 살벌한 검기로 가득 찬다.

백현은 검기의 일부에서 우자의 검을 느낄 수 있었다. 천의무봉을 펼치던 우자. 검을 쥐지 않고 맨손으로 검기를 펼치던 우자.

그에게 검을 가르친 것이 바로 검령이었으니, 우자를 떠올리는 것은 이상할 것 없는 일이었다. 우자는 그것을 경멸했으리라.

파천강기에 휘감긴 양손이 느린 움직이기 시작했다. 검들이 흐름을 베어낸다. 천의무봉은 그 베어진 흐름에 간섭했다.

카가가각!

흐름과 흐름이 서로 충돌했다. 심안이 허를 간파한다. 검령은 검세의 한복판에서 떠 있었다.

[그건.]

[나와 우자의.]

살의로 가득 찬 외침이 공간을 쩌렁쩌렁 울린다.

백현은 답하지 않고서 손을 내밀었다. 펼친 일장이 짙은 어둠에 삼켜졌다.

빠어어엉!

검들이 모조리 분쇄되었다. 검령의 공격. 검의 극의를 가득 담은 검기. 부수는 것은 어렵지 않았다.

놈은 그저 검이었기에. 검의 극의라고 해봐야, 그를 펼치는 검령의 자아는 대단하지 못했다. 진정으로 검의 극의를 깨우친 존재가 상대였다면 이렇게 쉽게 분쇄하지 못했을 것이다.

검령의 자아는 광기만이 가득했다. 그렇기에 물러서지 않는다. 놈은 오히려 더욱 맹렬히 분노했다.

죽이고 싶다. 죽여야 한다. 저 눈은 검령이 우자에게 준 것이니, 우자와 자신. 둘만이 가져야만 했다.

일관적인 살의를 품은 검령이 백현에게 돌진했다. 그것은 이미 빠르다고도 할 수 없었다.

살의뿐인 일념은 관철적인 저주가 되어 공간을 관통, 아니, 뛰어넘었다. 그것은 틀림없는 심검(心劍)이었다.

보이지 않는다. 피할 수도, 막을 수도 없다. 의념을 이해하지 못한다면 심검에 관통될 수밖에.

백현은 의념을 안다. 눈으로 보이지 않는 심검이 흉악한 흐름을 만들어내며 쏘아지는 것, 심안으로는 보인다.

백현은 펼쳐 앞으로 내밀고 있던 손을 쥐어 주먹을 만들었다.

'네가 나를 찔러 죽이고 싶은 것처럼.'

난 널 부숴 버리고 싶다. 파편 하나 남기지 않고, 이 세상에서 완전히 지워 버리고 싶다.

네가 무에 공양된 검이던, 무가 깃든 검이든 상관할 바가 아니다.

주먹이 뻗어졌다. 그것은 의념으로 펼치는 오의는 아니었다. 단순하게 주먹을 앞으로 뻗어 내지르는 것뿐. 하나 주먹으로 할 수 있는 가장 원초적인 폭력이 바로 이것이다.

꽈직.

두 종류의 힘이 격돌했고, 사방으로 흩어졌다. 백현은 오른팔 전체가 박살 나는 것 같은 통증을 느꼈다. 그것뿐이다. 아프지만, 팔은 아직 달려 있었다.

움켜쥔 손가락을 파고드는 칼날의 섬뜩함. 피육은 뚫었으나 뼈는 관통하지 못했다. 검령은 백현의 주먹과 맞닿아 허공에 정지해 있었다.

늦게 터진 피가 주먹을 타고 주룩 흐른다. 칼자루 없는 칼날이 바르르 떨리며 진동했다.

백현은 힘을 주어 주먹을 더 앞으로 밀어냈다. 칼날은 뒤로 밀려나지 않는다. 그럼에도 백현의 주먹은 조금씩, 앞으로 나아갔다.

칼날이 주먹을 파고드는 것이 아니다. 예리했던 칼끝은, 이미 짓뭉개서 무뎌졌다. 주먹이 더 앞으로 나아가는 것은, 백현의 뼈가 칼날을 점차 으깨어가기 때문이었다.

검령이 파들거리며 몸을 떤다. 요악한 요기가 줄기차게 뿜어지며 백현을 위협했다. 하지만 그 요기는 백현을 밀어내지 못했다. 흘러나온 파천강기가 흐름을 압박하며 요기를 붙잡았다.

일관적인 살의를 내뿜던 검령이라지만, 지금의 상황이 좋지 않다는 것은 이해할 수밖에 없었다. 이리된 이상, 저 증오스러운 놈에게서 잠시 물러나야 한다. 그 뒤에 다시 도륙 내리라.

[아, 아. 아아.]

되지 않는다. 천의무봉으로 압박해 오는 흐름이 검령을 움직이지 못하게 붙잡았다.

그것만이 아니었다. 검령은 깊은 곳에 처박아둔 '칼자루'의 자아가 눈을 떴음을 깨달았다.

[왜 나를.]

[이건 우리의.]

[난 너인데.]

흔들리는 자아가 더듬거리는 말을 내뱉는다. 검무희는 곧장 답하지 않았다.

이 세계는 공허했다. 어비스와도 다르고, 지구의 풍경과도 다르다. 검무희는 그런 세계의 한복판에 우두커니 서 있었다.

이곳은 그녀의 안이었고, 검령의 안이기도 했다. 검이 부러져 나누어졌다고는 하나, 결국 둘은 하나였기에 같은 의식의 세계를 공유하고 있었다.

검무희는 자신의 몸을 내려 보았다. 늘상 보아오던 육체가 아니다.

검무희는 자신이 '칼자루'라는 것을 자각했다. 이전의 감각은 그대로 있는데, 팔다리도 없고 살아 있지도 않은 칼자루의 몸뚱이를 취하고 있다는 것이 영 어색했다.

"……아닙니다."

검무희는 긴 탄식처럼 중얼거렸다.

"나는 나이지, 당신이 아니에요. 당신 또한 내가 아니고."

[아냐.]

[우리는 '나'야.]

[난 너를…….]

"아뇨."

더 이상 머리는 없지만, 검무희는 고개를 가로젓는 것을 상상하며 대답했다.

마찬가지로 두 발이 없음에도 검무희는 앞으로 걸어나갔다. 이 공허한 세계의 한복판에 요악한 빛이 뭉친 존재가 있었다.

"난 당신이 될 수 없습니다. 난 당신처럼 우자에게 집착하고 있지도 않고. 당신의 욕망을 위해 날 버리고 싶지도 않습니다."

알지 못했던 것들을 지금은 이해할 수 있었다.

내가 누구인지. 왜 어비스에 왔고, 왜 혼돈의 근원을 탐했는지. 우자의 이름을 떠올린 후로 쭉 검무희를 괴롭게 하던 무지한 욕망의 이유를, 이제는 알게 되었다.

"당신은 우자에게 미움받고 싶지 않아 이 몸뚱이를 만들었습니다."

천의무봉은 여자였다. 그래서 검무희도 여자가 되었다.

"부족한 자아를 보충하기 위해…… 천의무봉의 기억을 거울삼아 나를 만들었습니다."

겪은 적 없는 기억. 들은 적 없는 이름.

"당신은 우자가 어디에 있는지 알았으나 그곳에 갈 수 없는 존재였습니다. 나를 통해 혼돈의 근원을 손에 넣는다면, 그 힘에 빌어 우자를 찾아갈 생각이었지요."

천의무봉의 기억을 거울삼아 자아를 만들었고, 검이 아닌 여자의 몸뚱이도 만들었다. 그것을 이루는 것에만 아주 오랜 시간이 필요로 했다.

하나 기껏 준비를 갖추었는데, 우자는 이미 이 세상에 없었다. 그는 신선이 되어 선계로 떠나 버렸다.

검령은 신선이 될 수 없었다. 그건 검령에 비롯된 검무희 또한 마찬가지다. 결국, 검령은 정령이나 귀신이었다.

선계의 문은 신선만을 받아들인다. 신선이 아닌 존재가 선계에 들어가려 하면 괴팍한 신선들을 먼저 넘어야 한다.

방법이 나타났다. 어비스, 혼돈의 근원. 검령에게 다시없을 기회였다.

“혼돈의 근원을 손에 넣었다면. 당신은 가장 먼저 나와 하나가 되었을 겁니다.”

검무희는 엷은 미소를 지으며 말했다.

“그리되었다면 ‘나’의 의식은 사라지고, 내 남은 것들이 당신의 부족함을 보충했겠죠. ……그게 정녕 나입니까?”

[처음부터 하나.]

[원래대로 돌아가는 것.]

“이제는 하나가 아니게 되었잖아요.”

검무희가 고개를 젓는다.

검령이 비명을 질렀다.

“난 당신과 하나가 되고 싶지 않아요.”

[그만.]

결국 만들어진 검이다. 한참이나 부족한 자아. 완벽한 검을 만들고 싶다는 신공의 일념이 탄생시킨 검. 하나 주인에게 쥐어진 적도 없이 제단에 바쳐졌다.

신공은 검수가 아니었지만 위대한 장인의 일념은 검에게 무를 깃들게 했다. 그게 전부다. 저 검은 누군가에게 쥐어진 적이 없었고, 검으로써 사용된 적도 없었다.

우자는 검의 첫 번째 주인이었다. 욕심이 적었고, 선했으며, 긴 세월 동안 검을 아껴주었다.

"이제 그만하지요."

검무희는 쓸쓸한 미소를 지었다.

"주인을 베어버린 검은 부러져야 마땅한 것입니다."

검령이 비명을 질렀다. 검령을 몰아붙이는 것은 의식 세계의 검무희뿐만이 아니었다. 검무희가 검령이 날뛰지 못하게 붙잡는 동안, 칼날은 계속해서 으깨지고 있었다.

백현은 저항이 생각보다 거세지 않다는 것이 조금 의아했다. 뭔가 꿍꿍이가 있는 것이 아닐까. 괜한 걱정이 아닐까 싶었지만, 확실해서 나쁠 것은 없다.

왼손을 활짝 펼쳤다. 그 손에는 내공과 섞이지 않은 순수한 마기만이 응집되었다.

뚜둑.

주먹에 박혀 있던 검이 뽑힌다. 놈이 물러선 것이 아니라, 백현이 밀어낸 것이다.

아직 빛을 잃지 않은 요기가 파들거리며 저항했지만, 그 저항은 여전히 미약했다.

백현은 오른손을 활짝 펼쳤다. 검을 휘감은 파천강기가 보다 굳세게 검을 움켜 쥐었다.

"쓰는 건 처음이지만."

이전에 몇 번 써본 적은 있지만, 마기를 다룰 수 있게 된 후 사용하는 것은 이번이 처음이다.

하나 실패한다는 걱정은 없었다. 혹시 모를 위험성이라면 위력이 너무 강하지 않을까 하는 것.

우우우우!

검이 저만치 뒤로 밀려난다.

백현은 오른손으로 천의무봉을 펼치며 검의 움직임을 확실히 가로막았고, 정신을 집중해 왼손을 앞으로 뻗었다. 응집된 마기가 자그마한 구체가 되었다.

[안.]

[이건.]

검령이 뚝뚝 끊기는 외침을 토했다.

의식 세계에서 검무희는 조용히 검령을 감싸고 있었다. 칼자루인 그녀에게 양팔은 없었지만, 검무희의 자아는 확실하게 검령을 붙잡고 있었다.

파천강기에 휘감긴 검이 하늘 높이 떠오른다. 백현은 집중을 놓지 않고 왼손을 하늘을 향해 천천히 밀어냈다.

마기가 백현의 손을 떠났다. 인간이 다룰 수 없는 힘이 하늘을 가로질렀다.

뻗은 양손을 움켜쥔다. 넓게 퍼진 마기가 파천강기를 뒤덮는다.

그 순간 검령이 번쩍였다. 이후 벌어질 끔찍한 파괴를 직감했기 때문이다.

이건 휘말려서는 안 된다. 어떻게든 벗어나야만 했다.

발악처럼 펼친 검기가 파천강기를 찢으려 들었다. 하지만 무의미했다. 검령이 펼치는 검의 극의들은, 이미 회오리치기 시작한 파괴적 흐름 앞에서 모조리 상쇄되었다. 심검 또한 막힌다.

이 파괴는 반드시, 절대적으로 행해져야 할 법칙이었다. 절대로 섞이지 않을 두 성질의 힘이 파괴만을 목적으로 두고 폭발을 준비하고 있다.

이것을 도중에 가로막기 위해서는, 백현이 그만두거나 파괴의 법칙을 무시할 절대적 존재의 개입이 필요했다.

백현은 그만둘 생각도 없었고, 검령 또한 절대적 존재가 아니었다. 그렇다면 이것은 행해진다. 행해질 수밖에 없다.

"파천."

백현은 조용히 파괴를 선고했다.

인간에게 허락되지 않은 파괴가 행사되었다. 하늘에 커다란 구멍이 뚫렸다.

결코 거스를 수 없는 흐름이 회오리치는 시커먼 어둠은 끝없는 심연으로 이어진 구멍처럼 보였다. 바람과 바다가 멈추었다.

이 절대적인 파괴를 감당할 공간은 가엾게도 스스로 정지하는 것을 택했다.

소리가 사라진다. 이 세상에서 오직 백현만이 움직이고, 저 파괴를 집행하며 관조했다.

무분별하게 일어났다면 세상에 결코 지워지지 않을 흉터가 남았을 것이다. 하지만 이건 백현이 일으키는 파괴였다.

어비스의 혼돈을 끌어들여 펼쳤던 파천보다 위력은 조금 부족했을지나 통제는 완벽했다.

말이 부족하다지, 혼돈이 아닌 힘을 써서 이만한 위력의 파괴를 일으킨다는 것이 경이적인 일이다.

오롯이 집중된 힘에 칼날에 금이 번진다. 백현은 검령과 연결되어 있는 무의 흐름이 다닥다닥 끊어지는 것을 보았다.

빠각.

뭉개진 칼끝이 박살 나 흩어진다. 검령의 비명 소리가 들렸다.

백현은 숨을 삼키며 품 안에 손을 넣었다. 다시 빠져나온 손은 마왕의 인장을 쥐고 있었다.

어려운 걸 바라시는군요.

검무희화 천의무봉, 검령. 그 사이에서 무엇을 바라는지 이야기했을 때, 흑장미여왕은 알 수 없다는 표정을 지으며 그렇게 말했다.

그 뒤에 그녀가 늘어놓은 이야기는 악몽의 결정자가 했던 것과 크게 다르지는 않았다. 흑장미여왕은 백현이 바라는 구원을 진심으로 이해하지 못했다. 백현에게 제법 상냥하다곤 하나, 결국 그녀는 마왕이었다.

왜 굳이 구원을 바라는가, 결국에는 타인의 일일 뿐인데 왜 굳이 고초를 겪으려 하는가.

하나, 백현을 납득하지는 못했어도. 백현이 원하는 답은 주었다. 죽음과 영혼에 정통한 것이 흑마법사라지만, 마왕에 비할 바는 아니다.

마왕까지 갈 것도 없이 하급 마족조차도 계약을 통해 인간의 혼을 거두는 것을 일상처럼 행한다. 그런 마족의 정점에 선 것이 마왕이란 족속들이다.

일단 죽여야죠.

아, 그런 표정은 짓지 마세요. 죽인다는 것은 어디까지나 육체를 말하는 것이니까요.

혼을 담보로 한 계약이 선행된 것도 아니니, 일단 육체를 죽여야 하는 거예요. 그다음에는…….

그다음.

백현은 마왕이 아니다. 영혼을 다루는 법도 알지 못한다. 하지만 마왕의 인장은 그에 마땅한 격을 대행시키고, 순수한 마기를 받아내는 통로를 열어준다.

흑장미여왕은 마왕의 인장에 백현이 바라는 안배를 새겨주었다.

백현은 박살 나 흩어지는 검의 파편을 향해 마왕의 인장을 겨누었다. 어마어마한 마기가 안배의 발동을 위한 제물이 되었다. 마왕의 인장이 검붉은빛에 휘감겼다.

무조건 성공하는 방법은 아니다. 안배의 발동, 혼의 확보. 그것까지는 반드시 성공하겠지만, 확보한 영혼이 과연 망가지지 않았는지. 망가졌다면, 과연 회복시킬 수 있는가는 해보지 않고선 알 수 없는 일이다.

그러니 해볼 수밖에 없다. 여기까지 오는 것에 가장 큰 걸림돌은 검무희와 검령을 '죽이는 것'이었고, 다행히 그것은 실패 없이 성공할 수 있었다.

'그것만으로는 안 돼.'

백현이 구하고 싶었던 것은 천의무봉뿐이었다. 아까까지는 그랬다.

'멋대로 해서 미안하지만.'

자신의 죽음을 바라고 있었다.

사실, 검무희는 얼마든지 다른 방법들을 선택할 수 있었을 것이다. 백현을 죽이는 것이 가장 쉬운 방법이었을 테고, 그 누구도 찾을 수 없게 숨어버리는 것도 크게 어려운 방법은 아니었을 것이다.

그래서 구하고 싶어졌다. 날 죽이지 않아서. 서민식을 죽이지 않아서. 검령과 천의무봉의 기억에 시달리던 검무희가 안타까워서. 필요에 의해 태어나, 검령의 꼭두각시 노릇을 하던 검무희의 생을 이렇게 끝내 버리고 싶지 않아서.

마왕의 인장이 누군가의 혼을 붙잡았다. 그리고 그다음. 공간이 찢어지며 날 없는 칼자루가 튀어나왔다. 칼자루는 파천이 만들어내는 파괴에 침범되지 않았다.

백현은 홱 손을 뻗었다.

[이건……?]

날아와 잡힌 칼자루에서 당황에 가득 찬 목소리가 흘러나왔다.

"개똥밭에 굴러도 이승이 낫대."

검무희는 뭐라 대답하지 못했다. 인장을 통해 다른 목소리가 들려왔다.

[안배가 사용되었군요.]

흑장미여왕의 목소리였다.

백현은 대답하지 않고 이어지는 파괴를 지켜보았다. 산산조각난 칼날은 이제 자그마한 가루조차 남기지 않고서 소멸되어 가고 있었다.

[이 영혼…… 너무 오랜 시간이 흘러 마모되기는 했지만, 다행히 아직 형태를 유지하고 있어요.]

일반적인 경우라면 진즉에 파괴되어야 할 혼이다. 아직까지 파괴되지 않고 형태를 유지하고 있는 것은, 검령이 검무희를 만들어내는 것에 천의무봉의 영혼을 거울로 사용한 덕분이었다.

흑장미여왕의 말을 듣고서 백현은 안도의 한숨을 감추었다. 최악은 면했다는 것이다.

하지만 아직 안심하기는 이르다.

'되겠어요?'

[이 정도라면.]

긍정적인 대답이었다. 그렇다면 천의무봉의 혼을 보듬는 일은 이제부터 흑장미여왕이 할 일이다.

마왕의 인장에서 더 이상 흑장미여왕의 목소리는 들려오지 않았다. 당장부터 혼을 수복하는 일에 착수한 것이다.

그렇다면 더 이상 백현이 신경 쓸 일은 아니다. 할 수 있는 모든 수단을 동원했다.

천의무봉을 위해서가 아니었다. 우자를 위해서였고, 까놓고 말해서 백현의 자기만족이었다.

이런 일에 있어서 백현에게 가장 확실한 조언을 해줄 수 있는 악몽의 결정자는, 언데드로 만드는 것 외에 두 가지 방법을 제안했다. 흑장미여왕과 퓨어세인트.

그중 퓨어세인트는 처음부터 선택할 수 없는 '방법'이었다. 흑장미여왕에게 불가능한 것이라면 더 방법이 없다. 그것을 납득하지 못하고 더 매달리는 것은 인간성의 집착을 떠나 어린아이 같은 치기가 될 뿐이다.

백현은 그것을 알았고, 더 집착하지 않았다. 할 수 있는 모든 수단을 동원했고, 실패했다면. 결국, 고쳐 쓸 수 없는 필연이라는 것. 그 필연을 받아들이지 못하고 붙잡는 것은 백현에게 어울리지 않았다.

그는 늘 일관적이었다. 그는 언제나 자신이 할 수 있고 하고 싶은 일만 했다.

지금 그가 할 수 있고 하고 싶은 일은 검령을 박살 내, 이 세상에 흔적조차 남기지 않고 소멸시키는 것이었다.

파천 안에서 가닥가닥 끊긴 흐름이 사라지고 있었다. 먹혀 삼켜진다. 소멸해 가는 칼날의 파편 속에서 검령의 존재를 느낀다.

백현이 주관해 자행하는 파괴 속에서 검령이 비명을 지른다.

유쾌한 기분은 들지 않았다. 일관된 살의가 여전히 날을 세우고 있었고, 한시라도 빨리 저 존재를 끝내 버리고 싶었을 뿐이다.

'응?'

손가락이 파들거린다. 집행 중인 파괴가 끝나지도 않았는데, 파천의 흐름이 일그러진다.

저 힘은 백현이 주관하는 것이 아니다. 판이하게 다른 힘이 파천의 안에서 점점 부풀어 간다.

그렇다면 검령의 힘인가?

그럴 리가 없었다. 저건 검령이나 검무회와 아무런 연관이 없을 힘이었다. 즉, 무(武)와 연관성이 없다는 것이다. 그렇다면 대체 뭐란 말인가?

백현은 떨리는 손가락에 힘을 더 불어넣었다. 천의무봉을 통해 일그러진 흐름에 간섭했다.

그 순간이었다.

기이한 세계였다. 아무것도 없이 탁 트였다. 끝은 보일 듯 보이지 않았고, 땅과 하늘의 경계만이 뚜렷했다.

"여긴……?"

"오랜만이로군."

당황해 중얼거리는 말과 상관없는 대답이 들려왔다. 놀라 고개를 홱 돌렸다.

방금 전 둘러보았을 때만 해도, 이 기이한 세계에는 백현 혼자만이 존재하고 있었다.

하지만 지금은 아니었다. 눈구멍만 뚫렸을 뿐 아무런 무늬 없는 가면을 쓴 남자가 백현의 곁에 세상 편한 모습으로 앉아 있었다.

가면을 본 순간 백현은 선계의 두 번째 스승인 마황을 떠올렸으나, 그 기억은 순식간에 사라졌다.

“이렇게 마주 본 것이 얼마 만이지? 호른의 지하에서도 잠깐 눈이 마주치기는 했지만……. 허허, 그것은 대면이 아니었지. 철혈궁 이후로 처음이로군.”

역천자.

어비스에서 가장 기괴한 신격이자, 의중을 알 수 없는 ‘적’이 웃음을 흘렸다.

“당신이 왜 여기에……?”

온갖 의문이 머릿속에 떠오른다.

검무희와 검령이 어비스에서 나올 수 있었던 것은 역천자의 도움이 있었기 때문. 정작 역천자는 현실에서 모습을 드러낸 적이 없다.

놈이 남몰래 어비스에서 나왔던 건가? 그리고 지금 검령을 구하기 위해 이곳에 개입한 건가?

“의문이 많은 얼굴이로군.”

대답하지 않았다. 필요가 없었기 때문이다.

경계와 적의를 숨기지 않고 역천자를 보았다. 놈은 아직 자리에 앉아 있었다.

지금 공격하면 죽일 수 있을까.

“우선 몇 가지 알려주지. 난 여전히 어비스에 있네. 어비스를 나가려 한다면 어려운 일은 아니네만, 이 세상…… 아, 자네가 사는 세상 말일세. 난 그 세상에는 관심이 없어."

뜻 모를 말이다. 하지만 당황할 수밖에 없었다. 역천자는 지금 백현의 의문을 정확히 읽어내고서 그에 대한 대답을 늘어놓고 있었다.

"검령을 구하기 위해서 나선 것은 맞네. 난 저 존재를 제대로 이해하고 있지도, 이해하고 싶지도 않아. 내게 있어서 저 존재의 생사가 어찌 될지는 중요한 것이 아닐세. 하지만 이렇게 죽게 될 수는 없지."

지금 대답도 마찬가지였다.

백현은 급히 사고를 멈추었다. 말도 안 되는 일 같지만, 지금 역천자는 백현의 마음을 읽고 있었다.

진 웨이에게서 마인드 리딩이라는 권능에 대해 듣기는 했지만, 그건 하이로드의 권능이다. 한데 역천자가 어떻게?

"자네가 놀라울 정도로 강해졌다는 것은 알겠네. 하지만 날 죽일 수는 없어. 자네가 인간이라서? 아니, 그런 문제가 아닐세. 혼돈에게 죽음과 소멸은 존재하지 않으니."

역천자는 그렇게 말하고서 잠시 동안 웃음소리를 흘렸다.

"하이로드의 마인드 리딩은 격 낮은 존재의 표층 심리를 읽는 것일세. 무의식까지 읽어낼 수는 없지. 그건 나도 마찬가지라네. 그렇다고 내가 지금 마인드 리딩을 쓰고 있는 것은 아닐세. 내게는 그런 권능이 없거든. 하지만 조건을 갖춘 뒤라면 비슷한 흉내는 낼 수 있지. 술법은 마법과 근본적 궤가 다르지만, 꽤나 닮았다네. 바로 '조건'이야."

원래 이렇게 말이 많은 놈이었나.

철혈궁에서 만났을 적에도 말이 많기는 했다. 하지만 이렇게 의문 하나하나에 대답해 주는 친절함은 없었던 것 같다.

"몸 쓰는 건 기가 막히는데 이런 쪽은 영 젬병이군. 하긴, 이런 것까지 능했다면 그만한 불공평이 어디에 있겠나."

역천자가 끌끌 혀를 찬다.

"나는 어비스에 있고, 이곳은 어비스가 아닐세. 하지만 난 여기에 있네. 자네의 생각을 읽고, 대답할 필요 없는 것들을 모두 대답해 주고 있지. 아, 물론 전부는 아니야. 하고 싶지 않은 대답은 하지 않으니까."

퍼뜩 떠오르는 생각이 있었다.

백현은 홱 손을 뻗어 역천자를 붙잡으려 들었다. 하지만 잡을 수 없었다. 백현의 손은 역천자의 얼굴을 꿰뚫었고, 손아귀에는 아무것도 잡히지 않았다.

"그렇지. 이곳의 나는 자네가 만들어낸 환영일세."

역천자가 웃으며 말했다.

"자네는 나를 해할 수 없고, 나 역시 자네를 해할 수 없어. 이곳은 자네의 의식이 만들어낸 세계일세. 아니, 미궁이라 해야겠군."

즉, 역천자는 백현이 알지도 못하는 사이에 그의 머릿속에 숨어들었다는 것이다.

백현은 즉시 질문했다.

"왜 이런 일이 벌어진 거지?"

"그건 대답할 수 있는 질문이로군. 간단하네. 조건이 갖추어졌으니까. 그리 기대는 하지 않았지만……. 조심해 나쁠 것은 없었군."

역천자가 몸을 일으켰다.

"난 불청객이지. 걱정 말게, 오래 머무를 생각은 없으니. 이제 바빠져야 하거든. 아…… 몇 가지 충고를 해주자면."

역천자의 모습이 일렁거린다. 그의 목소리가 순식간에 멀어져갔다.

"하이로드와 대적하게 된다면 오늘 나와의 만남이 큰 도움이 될 걸세. 방식이 다르다지만 상대의 마음을 읽고 머릿속에 부리는 농간은 경험과 확실한 암시로 간단히 깨버릴 수 있거든."

"……."

"난 자네를 죽이고 싶지 않아."

"……."

"자네가 마음에 들거든."

"……."

“왠지 모르게 친숙한 느낌이 들어. 자네의 머릿속에 들어오니 더욱 확신하게 되었어. 난 자네를 죽이고 싶지 않아.”

“……”

“하지만, 그런 감정으로 거사를 그르칠 수는 없는 노릇이지. 필요하다면, 그래야만 한다면. 나는 자네를 죽여야 해.”

역천자의 모습이 사라진다.

“그러니 쫓아오지 말게.”

“……”

“쫓아오기에도 늦었을 테지만.”

그 말이 마지막이었다. 역천자의 목소리는 더 이상 들리지 않았고, 보이지도 않았다.

백현은 급히 주위를 둘러보았다. 하지만 이 세계는 여전히 유지되고 있었다. 의식의 미궁.

백현은 급히 ‘길’을 찾고자 했다. 하지만 깨어지지 않는다. 길이 보이지 않는다.

이 또한 역천자의 술법인가? 자신의 의식이 만들어낸 세계임에도 자의로 깨어날 수 없다.

‘최면’.

백현의 머릿속에 그 단어가 떠올랐다.

심안을 뜬다. 아무것도 보이지 않는다. 답 없는 상황이었다.

현실과 동떨어진 의식 세계, 그렇다면 지금 ‘현실’에서는 무슨 일이 벌어지고 있는가? 쫓아오기에 늦었을 거라고?

[괜찮……]

의외의 도움이 상황을 바꾸었다. 악몽의 결정자도, 흑장미 여왕도 아니었다.

백현의 손에 날 없는 칼자루가 쥐어져 있었다.

커다란 굉음과 함께 의식의 미로가 무너진다. 발아래가 꺼졌고 백현은 아래로 추락했다.

백현은 눈을 돌려 손에 쥔 칼자루를 보았다. 육체를 잃은 검무희, 그녀의 존재가 확실하게 느껴졌다. 박살 난 미로의 아래로 추락하며 검무희의 심상(心想)이 전해졌다.

'안 죽이기를 잘했어.'

심상을 전해 받으며, 검무희가 죽음을 바랐다는 것을 알게 되었다. 검령에 삼켜지기 직전에 검무희는 분명히 죽음을 받아들이고, 미련을 가졌다.

그럼에도 죽으려 했다. 검령을 억제했던 것 또한 검무희였다. 그리고 지금, 의식의 미궁에 갇힌 백현을 깨어낸 것 역시 검무희였다.

[야!]

추락이 멈추었다. 백현은 휘청거리는 몸에 급히 힘을 불어넣었다. 시야가 조금씩 흔들리는 이유는, 그의 어깨에 앉은 봉제 인형이 쉼 없이 주먹질을 해대는 탓이었다.

[너 괜찮아? 갑자기 왜 멍하니…….]

그 말에 대답할 수가 없었다.

백현은 급히 손을 뻗었다. 너무 늦지는 않았지만. 조금 늦은 것은 어쩔 수 없었다. 알 수 없는 힘이 파천을 찢어버리고 검령을 탈출시켰다.

순식간에 일어난 일이었지만, 반쯤 소멸된 검령의 혼이 붙들고 있는 것은 정확히 볼 수 있었다.

묵주 목걸이.

그것이 바다를 가로지르고 저 너머로 날아간다.

[막아야 합니다!]

검무희가 비명처럼 외쳤다.

백현은 이를 악물었다. 얼마 동안 멍하니 있었는지는 모르겠지만, 그로 인한 공백이 검령을 끝장내지 못했다.

백현은 파천을 소멸시키고서 즉시 가속했다. 곧 백현은 한 줄기 번개가 되었다.

'쫓아오지 말라고?'

죽이고 싶지 않다고도 말했다. 그럴 수밖에 없다면, 죽여야 한다고도 말했다.

할 수 있는가, 는 솔직히 모르겠다. 그러나 하고 싶었다. 백현은 아직 검령을 죽이지 못했다.

검무희의 심상을 통해 저 묵주 목걸이가 무엇을 위한 것인지도 알게 되었고, 위치엔드가 그를 경계한 것도 알게 되었다.

까놓고 저 묵주 목걸이를 통해 세상이 어찌 될지는 그다지 알 바가 아니었지만.

그렇다고 도망치는 검령을 놓칠 수는 없었다.

5장
네가 왜 거기서 나와?

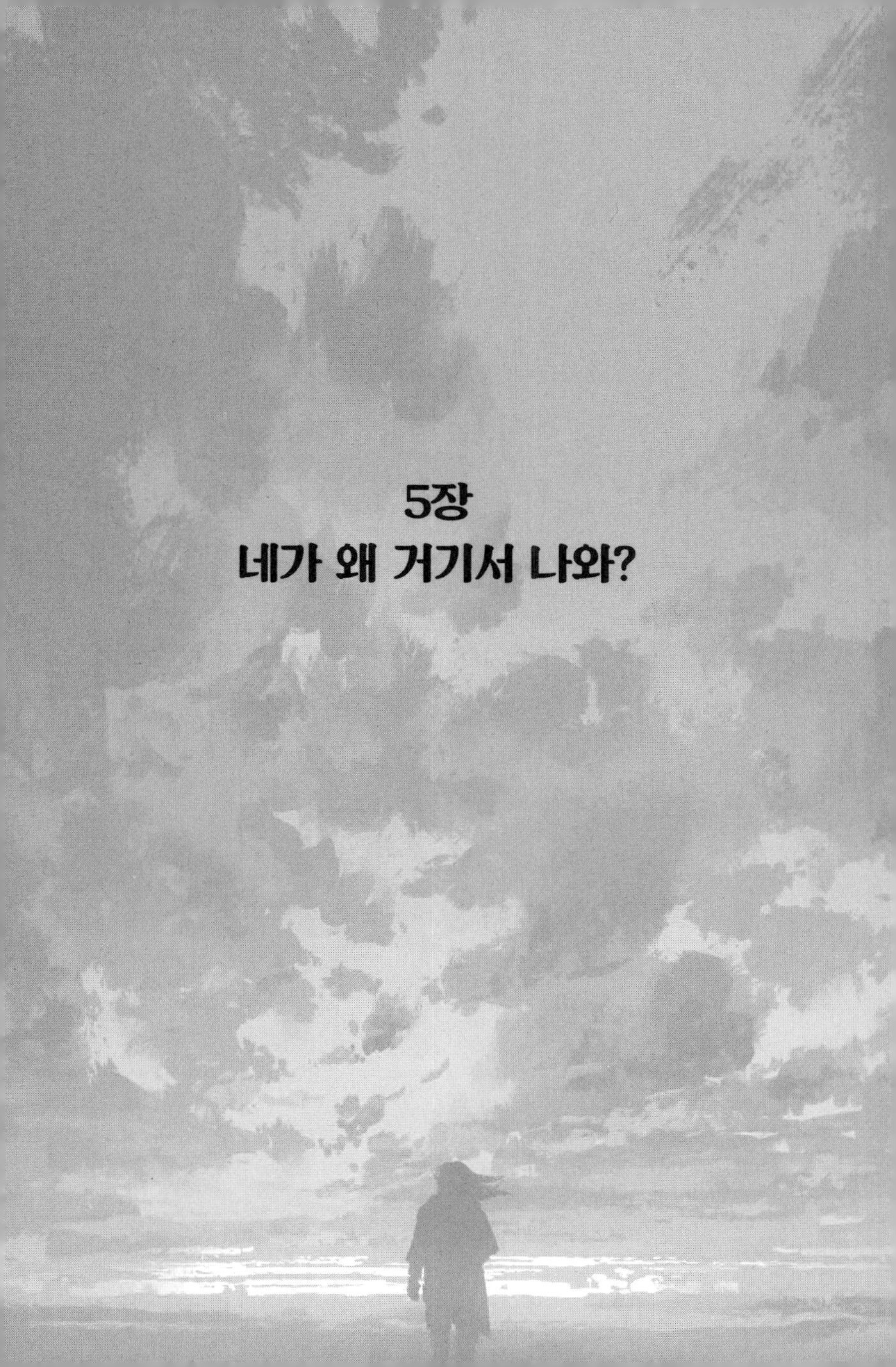

[야!]

봉제 인형이 빽 소리를 질렀다. 그녀는 백현의 목덜미를 붙잡고 가속에 휘말려 날아가지 않게끔 버티고 있었다.

[너, 너무 빠르잖아! 좀 적당히…….]

다급히 외치던 말을 뚝 멈춘다.

적당히? 지금 상황은 적당히 속도를 줄일 만한 상황이 아니다. 소멸 직전이던 검령에게 어떠한 일이 벌어졌고, 지금의 상황은 그 누구도 예상하지 못했던 것이 되었다.

적당히 쫓아서, 놓친다면? 이렇게 되어버린 상황이다. 여기서 어떤 상황으로 흘러가 어떤 결론이 날지, 봉제 인형은 감히 확신할 수 없었다.

물론 백현이 검령을 쫓는 것은, 그 어찌 될지 모르는 상황을 경계하기 위함은 아니었다.

죽이고 싶고, 다 죽인 놈을 놓치고 싶지 않아서. 품은 감정의 대부분이 그런 이유였고, 검무희의 경고와 더불어 역천자가 대체 무슨 꿍꿍이인가도 궁금했다.

'빨라……!'

전속력으로 가속하고 있는데도 검령과의 거리가 좁혀지지 않는다. 그렇다면 아예 속도를 올린다.

빠지직!

질풍신뢰가 펼쳐졌다. 백현의 목덜미를 잡고 있던 봉제 인형의 몸이 하늘로 튕겨 날아갔다.

그녀가 잡고 있던 백현의 육체는 이미 저만치 앞으로 나아간 념체에서 새로이 구성되었다.

거리가 확 좁혀지고, 백현은 손을 뻗었다. 이 공간의 흐름이 모조리 그의 손아귀에 들어왔다. 그 순간, 검령이 눈앞에서 사라졌다.

[육체가 박살 나고 혼만 남은 놈이다. 물리적으로 잡겠다는 생각은 포기해.]

머릿속을 관통하는 목소리의 주인은 봉제 인형이 아닌 악몽의 결정자였다. 새카만 빛에 휘감긴 인형의 몸뚱이가 백현의 근처까지 날아왔다.

'도와줘요.'

[아까는 도와주지 말라더니. 아, 하긴. 상황이 다르군. 이건 네가 죽을 상황이 아니니까 말이야.]

악몽의 결정자가 중얼거렸다.

인형의 손이 앞을 향해 들렸다. 손을 휘감고 있던 검은빛이 길게 뿜어져 나가더니 공중에서 펼쳐졌다.

그림자처럼 끈질기게 따라붙는 검은빛이 검령의 혼을 주박하려 했다.

그 순간이었다. 검령을 휘감고, 도주를 강제하던 '힘'이 부풀어 올랐다.

퍼어엉!

촉수처럼 휘둘러진 힘이 악몽의 결정자가 쏘아낸 빛을 걷어냈다.

[윽.]

비명치고는 너무 낮고 무덤덤했다. 하나 비명과 어울리지 않게, 봉제 인형이 뻗은 팔은 울룩불룩 부풀어 오르더니 펑 하고 터져 버렸다.

비산한 것은 인형을 채우고 있는 솜뭉치들이었지만, 썩어 문드러진 시체와 같은 악취가 강하게 풍겼다.

"괜찮아요?"

[괜찮지. 괜찮지 않을 뻔했지만. 대단한 술법가가 저 혼을

이끌고 있어.]

악몽의 결정자가 중얼거렸다.

['저주 받아치기' 마법에도 대응할 수 있는 줄은 처음 알았는걸.]

동요 없는 목소리였지만 놀랄 만한 일이었다.

네크로맨서로서 신격에 도달한 악몽의 결정자가 펼친 영혼 주박이다. 본신이 아닌지라 마법의 격이 상당히 떨어졌다고는 해도, 고작 저주 받아치기로 감당이 될 수준은 아니었다. 애당초 저주 받아치기란 자잘한 저주 따위를 받아치는 보호 술법이다.

[역천자가 검령을 보냈다는 건 알아. 하지만 이렇게까지 보호할 이유, 짐작은?]

"몰라요. 하지만 저 목걸이에 어떤 기능이 있는지는 알죠. 현실로 나온 검무희가 다시 어비스로 돌아갈 수 있게 해준다던데요."

[……그래?]

그것만으로는 역천자의 노림수를 알 수 없다. 하지만 악몽의 결정자의 목소리에는 작은 짜증이 담겨 있었다.

[빠르긴 빨라.]

서로가 전력을 다해 날았다. 그럼에도 잡을 수 없었다. 도주가 시작되고서 그리 오랜 시간이 흐르지는 않았지만 이미 저 아래에 바다는 보이지 않았다. 산과 논밭 따위만 보일 뿐이다.

어느새 백현과 검령은 강원도까지 북상한 것이다.

[솔직히, 이쪽에서 개입할 수단은 없다고 봐.]

악몽의 결정자는 냉정하게 상황을 평가했다.

[저 속도, 거기에 역천자가 작정하고 보호 술법을 둘러 놈을 보호하고 있어. 네 힘이나 나의 마법으로도 어쩔 수가 없지.]

"알아요."

아래의 풍경들이 홱홱 지나간다. 화천까지의 거리가 멀지 않았다.

한가로이 대화만 나누는 것은 아니었다. 백현은 계속해서 파천강기를 쏘아내고 흐름에 간섭하며 검령의 혼을 붙잡으려 들었다. 하지만 진짜 문제는 속도보다는 검령의 혼을 보호하고 있는 술법이었다.

[이미 펼쳐진 역천자의 술법을 힘으로 깨부수는 것은 불가능해. 역천자는 술법에 두루 능통했지만, 특히나 능했던 것이 바로 '결계술'이거든.]

그 말대로였다. 백현의 공격은 저 촉수처럼 꿈틀거리는 기괴한 결계를 돌파하지 못했다.

'거리감'.

좀 더 가까이 다가가야 할까.

하나 더 가속할 필요는 없었다. 검령이 멈추었다.

백현은 눈썹을 찡그리며 아래를 내려 보았다. 커다란 구멍.

현실에 뚫린 어비스가 그곳에 있었다.

잠시 멈추었던 검령의 혼이 그 아래로 추락했다.

[마, 막아야 합니다.]

검무희가 다급히 외쳤다. 백현은 허리춤에 대충 꽂아두었던 칼자루를 힐긋 쳐다보았다.

검무희는 왜 검령이 어비스로 되돌아가는 것을 막아야 하는지는 정확히 알지 못하고 있다. 단지, 역천자가 무언가를 노리고 있다는 것과 위치엔드의 경고가 신경 쓰일 뿐이다.

[어쩔래? 그냥 보낼 거야?]

불안해하는 검무희와는 다르게 악몽의 결정자는 무덤덤한 어조로 그렇게 물어보았다.

백현은 벌써 저 아래까지 내려간 검령을 노려보았다. 지금 놓치면 다시 기회가 올까.

천의무봉의 혼은 이미 확보했다. 검무희와 검령도 분리해 놓았다. 그리된 이상 검령을 죽이는 것에 집착할 필요는 없다. 상황만 보면 그렇다.

그와는 무관하게, 마음이 아주…… 아니, 감정이 굉장히.

× 같다.

"보내준 것도 아닌데 도망쳤잖아."

백현은 그렇게 중얼거리면서 뒤를 돌아보았다.

이쪽이 아니다. 제주도는 저쪽이지. 보이지도 않는 남쪽의 섬을 잠시 동안 쳐다보았다.

오래 걸리지 않을 거라고 말했는데.

"뭔 수작을 부리고 있는 건지도 궁금하고."

[무모하단 생각은 안 해?]

"조금은요."

[호랑이를 잡기 위해 호랑이 굴에 들어간다, 네 나라에는 그런 말이 있었지. 하지만 굴 안에 있는 것이 고작 호랑이라는 보장은 없어.]

쓸데없는 말장난이 아니었다. 악몽의 결정자는 누구도 예상할 수 없는 이 상황에 뛰어드는 것에 제동을 걸려 하고 있었다.

[굴속에 뭐가 있는지는 모르겠지만, 어지간한 것으로는 널 위협할 수 없겠지. 그래, 어지간한 것. '절대'는 아니라는 거야. 그래도 가려고?]

"뭐가 있는지는 가봐야 아는 거잖아요."

[네가 그렇게 하게 하는 것은 검령에 대한 살의인가? 아니면 그를 떠난 호기심?]

"호기심."

백현은 고민 없이 대답했다.

"그리고 짜증."

[살의가 아니란 말이지. 그럼 어쩔 수 없지. 네가 하고 싶은 대로 해.]

악몽의 결정자는 더 이상 백현을 설득하려 들지 않았다.

그녀는 신격이기 이전에 마법사다. 모든 마법사가 그런 것은 아니지만, 그들 중에서 독보적으로 뛰어나 '대마법사'라 불리는 족속들은 똑같은 병을 앓고 있다. 탐구(探究)라는 이름의 병이다.

그들은 자신이 이해하지 못하는 모든 것을 확실하게 이해하고자 하는 강박증을 많건 적건 간에 가지고 있다. 그렇게 수많은 대마법사가 '금기'의 영역에 발을 들이밀어 파멸하고, 금기마저 탐구하여 이해한 이들이 현자가 된다.

악몽의 결정자는 현자가 된 후로도 탐구라는 고질병에 시달리면서도 파멸하지 않았다.

탐구는 지식을 갈구하는 저주와도 같고 호기심은 무궁무진한 의문을 탄생시키는, 긴 세월 탐구에 시달려 온 마법사에게 있어서 그 무엇보다도 달콤한 특효약이었다.

지금 악몽의 결정자는 그녀가 살아온 영겁의 동반자이자 지식의 저주를 달래줄 달콤한 호기심을 느끼고 있었다.

[나도 궁금하기는 해. 역천자가 뭘 하려고 하는 걸까? 검령을 따라서 저 안으로 들어가면 어떻게 되는 걸까? 무엇이 일어나는 걸까?]

백현의 호기심은 악몽의 결정자처럼 구체적이고 맹목적이진 않다. 하지만 역천자가 뭔 짓을 벌이려 하는지. 궁금한 것은 사실이었다.

호른 이후로 모습을 보이지 않고 암약하던 놈이다. 의식 세계에서나마 대면했다. 죽이고 싶지 않다, 친숙하다…… 알 수 없는 말들.

아니, 사실은 '친숙하다'는 말은 어렴풋이 이해할 수 있었다. 역천자는 자신을 두고서 혼돈의 사도라고 말했다.

자기가 그렇다고 선언하지는 않았지만, 백현은 가끔 목소리를 내며 자기주장을 해오는 '……'가 심연의 왕좌가 아닐까 생각하고 있었다.

그렇다면 혼돈과 동화된 역천자가 백현을 친숙하게 여기는 것이 이상할 것은 없다.

[……가 가야 한다고 말합니다.]

호랑이도 제 말 하면 온다더니. 이놈도 양반은 못 된다. 마침 떠올린 순간에 재빨리 목소리를 낸다.

어쩌면 목소리를 낼 기회를 보고 있었을지도 모른다는 생각이 들었다.

'그러고 보니, 이런 식은 또 처음인데?'

여태까지 저 자식은 백현에게 정확한 행동을 요구하지는 않았다.

위기에 대해 경고를 해주거나, 빛을 밝혀주거나 하면서 백현이 알아서 하게끔 거리를 둔 조언을 해줄 뿐이었다.

하지만 이번에는 다르다. 목소리는 정확하게 백현이 해야 할 행동을 요구하고 있었다.

가야 한다고. '가라'는 식의 명령이 아니다. '가야 한다'. 어느 정도 강요를 실으면서도 간절하다.

전달되어 들리는 목소리에 지나지 않지만, 백현은 저 목소리가 '부탁'을 하는 것이라고 느꼈다.

'이건 또 묘하네.'

어비스를 탄생시킨 것이 심연의 왕좌다. 자아 없는 혼돈이 '존재'가 되었고, 그가 존재하게 됨으로써 어비스가 만들어졌다.

그리고, 뚜렷한 이유 없이 심연의 왕좌는 어비스에서 사라졌다. 태어난 혼돈에 스스로 회귀했단다.

어비스에 온 신격 중 가장 유별난 역천자는 혼돈과 동화했고, 혼돈의 사도를 자칭했다.

하지만 정작 놈이 맹신하고 있는 심연의 왕좌. 이 목소리가 정말 심연의 왕좌인지는 모를 일이지만, 높은 확률로 심연의 왕좌일 놈이 백현에게 저 안으로 가야 한다고 부탁을 하는 것이다.

'심연의 왕좌가 아닌가?'

그런 생각이 우선 들었다. 그다음은…….

심연의 왕좌는 역천자의 숭배를 바라지 않는다.

[……가 당신을 재촉합니다.]

어지간히 급한 모양이다. 이렇게까지 하는데 무시하는 것은 예의가 아니다.

바라지도 않았다지만 여태까지 몇 번이나 도움을 받았기도 했고. 목소리의 간절함을 느끼니 역천자가 대체 뭔 짓을 하는지도 더 궁금해졌다.

이쯤 되면 다 죽인 놈을 놓친다는 짜증이 호기심에 잡아먹힌다.

백현은 언제나 자기가 할 수 있는 일과, 하고 싶은 일을 했다. 시커먼 구멍으로 추락하는 검령을 쫓는 것은 아직 할 수 있고 하고 싶은 일이었다.

[그래, 가는 거야.]

악몽의 결정자가 평소의 그녀답지 않게 흥분 가득한 목소리를 냈다. 그 들뜬 목소리는 음험한 네크로맨서보다는 푼수기 넘치는 봉제 인형의 자아를 연상시켰다.

하긴, 그 또한 악몽의 결정자가 가진 자아의 일부다. 음험하고 광기에 찬 네크로맨서일 지라도 코흘리개 시절 적에는 푼수기 넘치는 소녀였을 지도 모른다.

[가즈아!]

아니, 이제는 모르겠다. 저렇게 외치는 것은 악몽의 결정자인가 봉제 인형인가, 결국은 둘 다 본인이다.

백현은 옆에서 신이 나 외치는 악몽의 결정자를 무시하고 끝이 보이지 않는 어비스로 추락했다.

콰아아아!

이런 식으로 어비스로 떨어지는 것은 처음이었다. 예전 화천 어비스에서 처음으로 저 구멍을 보았을 때도 구멍으로 '직접' 떨어지는 식으로 어비스에 들어가진 않았다.

쭉 그랬다. 어비스는, 한번 들어갔다 나오면 언제든지 '들어간다'는 생각으로 갈 수 있는 장소였다.

심안에 너무 많은 것이 보인다. 종잡을 수 없는 혼돈의 흐름이 세상을 가득 채우고, 백현은 그 세상의 중심으로 추락하고 있다.

허리춤에 꽂아둔 칼자루가 덜덜 떨린다. 심안으로 지금 상황을 살피는 검무희조차도 너무 할 정도로 가득한 혼돈의 흐름에 압도되었다.

검령은 저만치 앞에서, 백현보다 빠르게 추락하고 있었다. 검령을 보호하고 있는 역천자의 결계가 촉수를 꿈틀거린다.

그것은 가로막는 혼돈의 흐름을 걷어내고 있었다. ……걷어낸다? 그게 맞는 말인지도 모르겠다.

흐름에 간섭하는 천의무봉과는 전혀 다르다. 마치 원래부터 그랬다는 듯이 자연스럽게, 촉수는 혼돈의 흐름과 동화하여 흐름을 바꾸고 있었다.

검령을 뒤쫓는 백현은, 앞서 길을 열어주는 촉수들 덕에 혼돈의 흐름과 정면으로 충돌하지는 않았다.

'얼마나 떨어졌지?'

백현은 고개를 들어 위를 보았다. 화천의 하늘은 보이지 않는다. 현실에 나타난 어비스로 '떨어진' 백현은, 지금 현실도 아니고 어비스도 아닌 애매한 공간에 있었다.

백현은 검무희의 심상을 통해 알게 된 장소를 떠올렸다.

'여기가 어비스의 이면인가?'

아니다.

어비스의 이면도 혼돈이 가득 찬 곳이기는 했지만, 지금 이곳만큼은 아니었다.

공간의 밀도가 너무 높다. 사람의 몸이 짓뭉개져 터지는 깊은 심해로 끝없이 추락하는 것만 같다.

검령과 함께 있는 묵주 목걸이. 이 짙은 혼돈 속에서도 묵주 목걸이가 발하는 빛은 강렬했다.

하나 그 빛은 어둠을 밀어내 밝히지는 않았다. 이 어둠은 그 어떤 빛으로도 밝혀지지 않는다. 묵주 목걸이의 빛은 그저 '길'을 인도하고 있을 뿐이다.

그렇다면 이 길의 끝은 어디인가.

어비스? 아니면…….

[오지 말라 했잖나.]

어둠이, 혼돈이 울린다. 짙은 안타까움이 묻어나오는 목소리의 말미에 긴 한숨이 따라붙는다.

[결국, 이렇게 되는군.]

낙담하는 목소리.

백현은 아래를 보았다. 검령의 추락이 향하는 곳. 그곳에 누군가가 서 있었다.

역천자는 아니었다.

헌드레드…… 도 아니었다. 놈의 얼굴은 모르지만, 저 아래에 있는 것은 틀림없이 헌드레드는 아니었다. 왜냐하면, 백현이 알고 있는 얼굴이었기 때문이다.

"……뭐야?"

백현의 눈이 크게 떠졌다.

"네가 왜 거기서 나와?"

카르파고가 저 아래에 서 있었다. 틀림없이 놈이었다.

카르파고.

콜롬비아 메데인에서 간신히 목숨을 부지했던 놈이, 혼돈이 회오리치는 저 아래에 우두커니 서 있었다.

검령은 여전히 묵주 목걸이와 함께 추락하고 있었다. 하지만 백현은 더 이상 검령에게 집중할 수가 없었다.

'저 새끼가 왜 저기에 있단 말인가?'

여러 가지로 알 수 없는 상황이었다. 이곳이 어비스인지 아닌지도 잘 모르겠는데, 맥락도 없는 놈이 저 아래에서 기다렸다는 듯이 서 있으니 혼란스러웠다.

더욱 백현에게 혼란을 주는 것은 카르파고의 상태였다.

메데인에서 카르파고의 몸뚱이와 멘탈을 완전히 결딴냈었다. 그 이후로 몇 달이 지났고, 몸뚱이는 회복했어도 아작 난 멘탈은 회복하지 못했을 것이라곤 생각했다.

'그런데 저건 좀 과하지 않나.'

백현은 피골이 상접해 흡사 해골처럼 보이는 카르파고의 얼굴을 보며 눈썹을 찡그렸다.

살만 빠진 것이 아니었다. 팔다리도 근육이 죄다 빠져서 뼈와 거죽만 남아, 꼭 미라를 보는 것만 같았다.

[저건 뭐야?]

악몽의 결정자도 아래에 선 카르파고를 보고서 의아한 투로 중얼거렸다.

놈이 저곳에 있는 것이 의문이기는 하지만, 그게 중요한 것은 아니었다. 백현은 추락하는 검령과 그 아래의 카르파고를 향해 손을 뻗었다.

백현이 쏟아낸 힘이 공간을 관통했다. 그 순간, 묵주 목걸이가 발하는 빛이 여태까지와는 달라졌다. 그 빛이 일으키는 현상 역시 함께 달라졌다.

[이, 건.]

악몽의 결정자가 기겁했다.

그런데 그 목소리가 이상하게 들린다. 주파수를 잘못 맞춘 라디오에서 흘러나오는 목소리마냥 노이즈가 섞여 있다.

목소리뿐만이 아니었다.

백현의 어깨에 매달려 있는 봉제 인형의 몸뚱이가 덜컹거린다.

[조심.]

[공간이.]

다급한 투로 내뱉는 말은 완전한 문장으로 이어지지 않았다. 하지만 툭툭 끊기는 언어의 나열로도 악몽의 결정자가 무엇을 경고하는지는 파악할 수 있었다.

사실 굳이 들어서 알 위험도 아니었다. 눈으로도 보였기 때문이다.

묵주 목걸이에서 퍼져 나간 빛이, 흐름과 뒤섞인다. 그러자 감히 건드려선 안 될 것 같은 혼돈이 요동친다. 직접 충돌한 것도 아닌데, 요동쳐 만들어진 파장만으로 백현이 쏘아낸 힘이 소멸되었다.

"약속과는 다르잖으냐."

말라비틀어진 입술이 열렸다. 비루하게 말라 버린 몸뚱이와는 다르게 카르파고의 목소리는 걸걸하고 묵직했다.

카르파고는 장막처럼 펼쳐지는 빛과 그 아래에서 포악스럽게 날뛰는 혼돈을 보았다. 가늘게 뜬 눈은 이 상황에 대한 언짢음이 가득했다.

[다를 것 없어.]

킬킬 웃음 섞인 목소리가 카르파고의 노골적인 언짢음을 달래주었다. 하나 카르파고의 불쾌는 여전했다. 계획에도 없던 귀찮은 수고를 벌여야 함을 알았기 때문이다.

[이봐, 어쩔 수 없다니까. 나라고 저 녀석이 여기까지 따라올 줄 알았겠어?]

헌드레드가 억울하다는 듯이 항변했다.

그건 어느 정도 사실이었다. 애당초 헌드레드는 검무희가 백현에게 패배할 것이란 생각도 추호도 하지 않았고, 이런 식으로 묵주 목걸이가 사용될 것이란 생각도 하지 않았다.

[좋게 좋게 생각하자고.]

카르파고는 쯧 혀를 찼다.

불쾌함을 숨기지 않고 있기는 하지만, 사실 헌드레드의 말대로였다.

다를 것은 없다. 이미 일어난 상황은 어쩔 수 없는 것이고, 여기서 어떤 결과에 도달하느냐가 중요하다.

게다가 저 인간. 백현.

카르파고의 입매가 비틀렸다.

"놀이 상대로 부족하지 않도다."

오만하기 짝이 없는 말이었다. 하나 지금의 카르파고는 그런 말을 늘어놓기에 부족하지 않을 존재였다.

그는 이미 카르파고가 아니었다. 혈사자의 사도였던 카르파고의 자아는 이미 완전히 붕괴되었고, 이곳에 있는 것은 단순한 그릇에 지나지 않는다.

패왕을 담기에 한없이 부족한 그릇이지만, 갖추어진 조건하에 의식은 거행되고 있었다. 그릇은 패왕의 존재를 담기에 부족하지 않을 육체가 될 것이다.

[조심.]

봉제 인형이 다시 한번 경고했다. 공간을 잠식한 혼돈이 외차원에 있는 악몽의 결정자와 봉제 인형의 연결을 희미하게 만들고 있었다.

번쩍 터진 시커먼 빛에 백현은 눈을 감지 않고 부릅떴다. 허리춤에 매어진 칼자루가 찌르르 울리며 경련했다.

아아아…….

여전히 백현은 눈을 감지 않았다. 그는 이 공간에 일어난 일과, 사라진 묵주 목걸이와 그 빛에 삼켜지는 검령을 보았다.

강렬한 빛이 공간을 부숴 나가며 그로 인한 공백을 새로이 채웠다.

그 너머에서 카르파고의 몸이 꿈틀거렸다. 움직이는 시체처럼 비쩍 말랐던 몸이 들썩거린다.

[……가 탄식합니다.]

그 목소리에 상관없이, 백현은 본능의 경고를 들었다.

지금 여기서 일어나는 일. 그게 당최 무엇인지는 알 수 없었으나, 곧이어 자신이 맞닥뜨릴 상황은, 살아온 평생에서 제일이라 할 끔찍하고 빌어먹을 상황이라는 것을.

[오지 말라고 했잖나.]

희미한 목소리를 들었다. 역천자의 탄식이었다.

뭐라 대답하려고 했지만, 그 목소리의 근원지를 느낄 수 없었고, 더 이상 역천자의 목소리도 들리지 않았다.

가시지 않은 빛이 뻥 뚫렸다.

본능적으로 방어를 펼쳤다. 화악하고 일어난 꽃잎들이 백현의 몸을 휘감았다. 그가 펼칠 수 있는 최고의 방어절초인 태극연화였다.

"하찮도다."

껄껄거리는 웃음소리가 공간을 뒤흔든다. 빛을 뚫고서 들어온 무언가가 태극연화를 정면에서 가격했다.

쿠우웅!

태극연화를 구성한 꽃잎들이 일격에 으깨어졌다. 백현은 속이 뒤흔들리는 것을 느끼며 입에서 검은 피를 뿜었다.

태극연화가 박살 나고 백현의 몸이 뒤로 쏘아졌다. 꽉 붙잡은 덕에 의식은 끊어지지 않았다.

머리가 깨진 것도 아닌데 시야가 피에 젖어 시뻘겋다. 눈 안쪽이 터진 모양이다.

뻐근해 욱신거리는 눈으로 꿰뚫린 빛을 본다. 빛은 이미 꺼졌고 회오리치던 혼돈이 흩어지고 있었다.

흐름 중앙에 뻥 뚫려 만들어진 구멍. 그곳에서 거대한 주먹이 튀어나와 있었다.

백현이 느낀 직감적 불길함. 태극연화를 으깬 일격이 바로 저 주먹이었다.

"지난번에 한 말을 기억하고 있느냐."

거대한 울림을 가진 목소리가 물었다. 백현은 입가를 손등으로 거칠게 비벼 닦았다.

으깨진 장기와 박살 난 뼈는 이미 재생을 마쳤다. 역류한 기가 기혈을 찢어 생긴 내상도 회복되었다. 내공, 마기……. 어느 것 하나 모자람이 없다.

검무희, 검령과 싸우고서 온 것이기는 하나 지금의 백현은 조금도 무뎌지지 않았다.

[이럴, 수가.]

여전히 노이즈가 섞인 목소리가 경악을 터뜨린다.

악몽의 결정자는 도저히 믿을 수가 없었다. 그것은 칼자루로 남은 검무희도 마찬가지였다.

하나 그들의 경악이 어찌 백현 본인에 비할 텐가? 백현은 잠잠해지는 혼돈의 흐름을 찢고 나오는 거대한 존재를 보며 자신도 모르게 꿀꺽 침을 삼켰다.

흡사 태양과 같은 한 쌍의 눈동자가 강렬한 붉은빛을 뿜어낸다. 터질 듯 부풀어 오른 근육이 적갈색으로 번들거려 꿈틀거린다.

짐승의 억센 털을 닮은 머리카락은 가시 세운 고슴도치처럼 일어서 있다.

그는 백현이 보았던 그 어떤 존재보다 거대했다. 신장만 해도 수십 미터다.

단순히 육체의 크기만도 그러했으나, 그가 내뿜는 패도적인 기세는 그 덩치를 집어삼키고 이 공간을 가득 채우고도 모자라 공간 자체를 확장시키고 있었다.

"난 널 적으로 여기지 않을 것이라 하였노라."

붉은 눈동자가 안광을 내뿜는다. 그것은, 백현에게 낯선 거대한 '위압감'이었다.

공중에 멈춰 선 백현의 몸뚱이가 '정지'했다. 어느새 그의 몸은 식은땀으로 흠뻑 젖었고, 꽉 물린 이빨이 잇몸을 파고들어 피가 줄줄 흘렀다.

“네가 적의 없이 찾아와 술을 청한다면, 나는 기쁘게 너와 술을 마주할 것이라고도 하였노라.”

확실히 이런 적은 처음이었다.

백현이 여태까지 싸워온 강적들. 군주들. 그들은, 모두 다 ‘모자람’이 있었다.

그 강력하던 마룡왕조차도 모자람은 어쩔 수 없이 가지고 있었다. 무령, 천존, 검무희, 마룡왕. 그들 모두가……. 신격을 잃은 상태였다. 신격을 잃고 몸뚱이와 힘만을 남겨둔 상태에서 백현과 싸웠다.

그러니 처음인 것이다.

진짜 신격과 대면한 경험은 몇 번이나 있다. 하지만 그 신격이, 진심으로 백현을 ‘굽어보는 것’을 겪은 것은 이번이 처음이다.

“너는 무얼 위해 이곳에 왔느냐.”

껄껄 웃으며 물어온다.

저건 카르파고가 아니었다. 그 비루한 그릇은 의식이 거행됨에 따라 완전한 육체로 탈바꿈했다.

“나와 술잔을 마주하기 위해 왔느냐. 아니면 내게 죽기 위해 왔느냐.”

거신왕이 웃으며 물었다. 백현은 여전히 허공에 멈춰 있었다. 품에 넣어둔 마왕의 인장이 빛을 발한다.

본래 필멸자의 격을 가진 백현은 ‘진짜’ 신격의 격에 상대할 수 없다. 저들이 내뱉는 한 마디 한 마디가 하위 격에 머무른 필멸자에게는 결코 떨쳐낼 수 없는 주박과 같다.

그를 위해 취해둔 마왕의 인장이다. 이것은 백현을 마왕으로 만들지는 않지만, 마왕과 동등한 격을 부여한다.

조금씩…… 위압감이 사라진다. 백현의 몸이 움찔거리는 것을 느낀 혈사자의 눈썹이 위로 치솟았다.

"호오."

여태까지 만났던 진짜 신격들. 재생의 뱀이나 흑장미여왕, 현재의 무령. 그들과 만났던 것이 유효한 경험이 되었다.

아무리 마왕의 인장을 갖게 되었다고 해도, 대뜸 이런 '격'을 받아냈다면 쉬이 떨쳐낼 수 없었을 것이다.

"술잔을 마주하기 위해 온 것은 아닌 모양이구나."

혈사자가 즐겁게 웃으며 말했다.

천천히, 아주 천천히. 그 힘을 과시하기라도 하듯이 혈사자의 손이 올라간다.

그 순간에 백현은 몸을 주박한 신격에서 벗어났다.

[안 돼.]

악몽의 결정자가 노이즈 섞인 목소리로 경고했다.

안 된다고? 만약에 그럴지라도, 다른 무슨 행동을 해야 할지 모르겠다.

백현은 허공을 박차고 앞으로 튀어나갔다.

"너를 적으로 여기지 않는다고 했다."

혈사자가 웃으며 말했다. 백현은 두 눈을 부릅뜨고 거대한 주먹을 향해 튀어나갔다.

히죽이 웃은 혈사자가 손가락을 튕겼다.

꽈르르릉!

공간이 연거푸 박살 났다. 거대한 힘이 백현을 덮쳐온다.

심안이 무의미했다. 모든 흐름을 짓뭉개고 들어온 힘은, 천의무봉으로도 도저히 감당할 수 없을 것 같았다. 백현은 급히 질풍신뢰를 펼쳤다.

"하나 넌 내 친구가 되고 싶지는 않은 모양이구나."

공격 자체를 뛰어넘었다.

백현은 혈사자와 엇비슷한 눈높이에서 손을 뻗었다. 파천강기가 시커먼 빛을 뿜어냈다.

"그렇다면 너를 어찌해야 좋을꼬."

이죽거리는 말은 느긋한 여유에 가득 차 있었다. 백현이 전력을 다하는 발버둥을 우습게 보는 것이다.

혈사자가 손을 들어 올렸다.

쿠우웅!

거대한 힘이 백현을 내리찍었다. 백현은 비명도 지르지 못하고, 파리채에 얻어맞은 벌레처럼 땅에 처박혔다.

꽈직, 꽈지직!

전신 뼈가 으스러지는 소리가 몸 안을 찌르르 울렸다.

'강해.'

백현은 내리누르는 힘에 저항했다. 팔다리에 힘을 주어 간신히 몸을 세운다.

혈사자의 힘은 실로 대단했다. 너무 강하고, 단순하다. 무식할 정도다.

그럼에도 피할 수가 없다. 범위가 너무 크다.

'하지만.'

온몸에서 쏟아져 내리는 피가 비린내를 진득히 풍긴다. 백현은 후들거리며 떨리는 다리를 보았다.

저 위에서, 혈사자는 비웃음 가득한 얼굴로 백현을 내려 보고 있었다.

'마룡왕은 이것보다.'

꽈드득…….

무릎 관절이 부서지고, 재생되는 것을 반복했다.

'강했어.'

그건 분명한 사실이었다. 단순히 내리누르는 힘. 마룡왕의 힘은 이것보다 더욱 강했다.

두 번 싸워 두 번 다 살아남을 수 있었던 것은, 단순히 마룡왕이 백현을 죽이고 싶지 않아 해서다.

어떻게 혈사자가 이곳에 나타난 것인지는 모르겠다. 왜 검령을 쫓다가, 혈사자와 싸우게 된 것인지도 모르겠다.

이유가 중요한가?

백현은 충혈되어 붉어진 눈으로 혈사자를 노려보았다.

'점점.'

몸을 짓누르는 힘. 겪어본 적 없는, 진짜 신격의 힘.

'익숙해져.'

심장이 터질 것처럼 뛰었다. 누르는 무게가 점점 가벼워지는 것을 느낀다. 잘 보이지 않던 '신격'의 흐름이, 점점 알아볼 수 있도록 보여가고 있었다.

"그러니까."

스스로를 북돋듯이 내뱉었다.

"싸울 수 있어."

검은 번개가 번쩍였다.

"호오."

흩어지는 검은 번개를 보는 혈사자의 눈이 웃음기에 젖는다.

과연 대단한 인간이다. 이름을 기억할 만한 가치가 있다. 저런 놈이 권속으로 들어와 사도가 되었다면 얼마나 좋았을까?

"싸우려 드느냐."

신격에 저항하는 것이 놀랍다. 하지만 크게 신경 쓰지는 않았다.

저 인간의 힘은 옛적에 필멸자를 넘어섰다. 이미 굴레를 벗어 초월자가 되어야 마땅하다.

하지만 혈사자는 백현을 자신의 적으로 생각하지 않았다.

그는 긴 시간 동안 한 차원에 군림해 온 거신왕이다. 초월종으로 태어나 그중 으뜸이었고, 수많은 거인들을 복속시켜 가장 위대하고 강력한 거인으로 칭송받던 것이 바로 혈사자다.

신격이라 해서 다 같이 동등한 것은 아니다. 신이라 불린다면 그에 마땅한 신화를 이룩해야 한다. 신화를 이루지 못한 신을 어찌 신이라 부를 수 있단 말인가?

"아직 자비를 베풀어줄 수 있노라."

혈사자가 진득한 웃음을 지으며 말했다.

그건 진심이었다. 저만한 힘을 가진 존재. 가능하다면 굴복시켜 수하로 삼고 싶다.

물론 여러 절차는 동반되어야 한다.

백현이 거인족이라면 혈맹으로 삼으면 그만이다. 혈맹에 속하게 된다면 절대로 맹주를 배신할 수 없다.

하지만 백현은 거인족이 아니다. 그렇다면 다른 방법으로 권속으로 삼는 수밖에.

복잡하고 귀찮은 절차는 아니다.

"내 권속이 되어라."

거대한 목소리가 공간을 쩌렁쩌렁 울린다. 그 외침에 화답하듯 번개가 쇄도했다.

굳이 움직여 대응할 것도 없었다. 혈사자와 계약한 헌터의 상징이라 할 수 있는 배틀 오러가 치솟았다.

꽈아앙!

시커먼 빛과 붉은빛이 뒤섞여 흩어졌다.

“무릎을 꿇고, 나를 받들어라.”

답할 가치가 없는 말이었다.

백현은 혈사자와 술잔을 나눌 생각도, 권속이 될 생각도 없었다.

만약에 술 한 병 나눠 마시고 아무렇지 않게 보내준다면, 그래. 까짓 술 한 병쯤 마셔주지 못할 것도 아니기는 했다.

하지만 상황은 술잔을 나눈다 하여 해결될 만한 것이 아니었다.

[여긴.]

[어비스……. 와 바깥의 경계.]

[결계? 인가?]

노이즈 섞인 목소리. 악몽의 결정자가 백현을 대신해 상황을 파악하고 있었다.

이곳이 어비스나 바깥이었다면 의체로 삼은 봉제 인형과의 연결이 이토록 불안정할 리가 없었다.

[말도 안 되는 일.]

[혈사자가 외차원을 빠져나왔다.]

[새로운 육체?]

당황할 수밖에 없는 일이다. 악몽의 결정자를 포함한 군주들은 모두가 외차원에 묶여 있는 처지다. 역천자를 제외한 군주들은 절대로 외차원 바깥으로 나올 수가 없다.

백현은 '왜' 혈사자가 이곳에 나타난 것인지는 이해하지 않았다. 지금 중요한 것은 이 상황을 '어떻게' 돌파하느냐다.

도주는? 심안과 더불어 감각 전체를 확장시킨다. 불가능하다. 이 공간을 빠져나갈 길은 도무지 보이지 않는다.

할 수 있는 것은 세 가지. 싸움을 포기하고 혈사자의 권속이 되거나, 싸우다 죽거나. 혈사자를 죽이거나.

그중, 백현이 정한 것은 당연히 마지막이었다. 가능과 불가능을 따질 생각은 없었다.

혈사자를 죽이게 되면, 무령의 때처럼 강제적으로 신격을 떠안게 될지도 모른다.

……지금 그게 무슨 상관이란 말인가? 아직 죽일 수 있게 되지도 않았는데 그를 따지는 것은 오만한 사치다.

더 이상 혈사자의 신격은 백현을 옭아 죄지 않는다. 그렇다면 지금 상황의 결과를 결정짓는 것은 단 하나뿐이다.

누가 더 강한가.

다시 한번 쇄혼을 펼쳤다. 나중에 올 반동 따위는 생각하지 않았다. 뒤를 생각할 만한 상대가 아니다.

마룡왕만큼은 아니지만, '적'이라는 의미에서는 혈사자가 마룡왕보다 더하다. 마룡왕은 백현을 진심으로 죽이려 한 적이 없었으니까.

'확실한 것이겠지?'

혈사자는 여유가 넘쳤다. 그는 각성해 허공을 박차는 백현을 앞에 두고서도 헌드레드에게 질문했다.

지금 이 싸움은 혈사자에게 있어서 계획에 존재하지 않던 것일 뿐이다.

[당연하지. 의식은 이미 완성되었어. 그건 당신이 가장 잘 알고 있을 텐데?]

[그러니까, 우선 저 귀찮은 녀석을 죽여 버리자고. 좁아터진 외차원에서 이제야 나오게 되었는데, 마룡왕을 죽이기 전에 자유는 누려봐야 할 것 아냐?]

헌드레드가 부추기듯이 말했다.

혈사자는 코웃음을 쳤다. 의식이 완성되었다고? 뻔한 거짓말을.

외차원에 벗어난 몸뚱이를 얻기는 했지만, 정작 이곳은 어비스가 아니었다. 어비스와 바깥의 경계일 뿐이다.

[거짓말은 하지 않는다니까. 일단 당신에게 자유로운 몸뚱이를 주었잖나. 지금 역천자가 '문'을 만들고 있어. 당신은…… 저 귀찮은 방해꾼을 으깨 죽인 뒤, 역천자가 만든 문을 열고

나가면 되는 거야.」

번거로운 방법이다.

혈사자는 시큰둥한 눈으로 백현을 보았다. 아직 그는 백현을 권속으로 삼고 싶다는 미련을 채 버리지 못하고 있었다.

그렇다고 하여 자비롭게 다룰 생각은 없었다. 이미 자비로이 권해주었고, 덤벼오는 행동은 충분한 대답이 되었다. 지금부터는 왕에 대한 도전일 뿐이다.

거대한 손이 벌레를 쫓듯이 움직였다. 담겨진 힘은 벌레 따위를 잡기에는 너무 과하다.

세상을 으깨 버릴 듯한 힘이 흐름을 소멸시키며 움직인다.

백현의 몸을 휘감은 호신강기가 그 어느 때보다 강렬한 광채를 내뿜었다.

백현은 힘이 응집되어 터질 것만 같은 양팔을 거세게 내질렀다.

꽈아앙!

세계가 뒤흔들렸다.

"호오."

혈사자의 눈이 이채를 발했다.

그는 자신의 힘을 밀어내고 전진해 들어오는 백현을 보며 커다란 이빨을 드러내며 웃었다.

백현은 속도를 줄이지 않고 허리를 비틀었다. 뒤로 돌린 주먹에서 천둥 치는 소리가 울렸다.

부순다는 일념으로 내지른 주먹. 금강을 부수는 수준은 진즉에 뛰어넘은 일격이 쏘아졌다.

혈사자는 껄껄 웃으며 손을 활짝 펼쳐 앞으로 뻗었다. 하찮은 존재의 재롱을 받아주겠다는 오만함이었다.

뻐어엉!

백현의 주먹이 폭발했다. 몸뚱이로 감당할 수 없는 힘. 그 반동으로 오른팔 전체가 터져 버렸다.

하지만 담았던 힘은 분명히 쏘아졌다. 혈사자의 손바닥이 뒤로 밀려났다.

그는 순간 무어라 말을 잇지 못했다. 재롱을 받아주기 위해 뻗었던 손이다. 그 손에서 느껴지는 것은 대단찮은 아픔.

그러나 그걸 느꼈다는 것이 혈사자의 즐거움을 싸늘하게 식게 만들었다.

콰아아아!

시뻘건 색의 배틀 오러가 뿜어졌다. 공간 전체를 뒤덮는 그 무식한 힘이 백현을 강하게 압박했다.

백현은 연이어 질풍신뢰를 펼치면서 그 자리를 이탈했다.

혈사자가 커다란 거인이라는 것. 아신전을 펼친 카르파고와도 싸웠었지만, 그와 싸웠던 경험은 솔직히 전혀 도움이 되지 않았다.

혈사자의 덩치는 카르파고보다도 컸는데, 저 거대한 몸을 파고들 만한 틈이 보이지 않는다. 짙은 색의 배틀 오러가 혈사자를 무결점의 방어 태세로 만들고 있었다. 그렇다면 억지로 틈을 만들 수밖에.

두드리다 보면 열릴까?

백현의 양손에 검은빛이 모였다. 의념을 더한 흑운이 백현의 몸을 휘감았다.

"버릇이 없도다."

혈사자가 짜증 어린 목소리로 내뱉었다.

파천은 마룡왕조차도 죽음을 느끼게 만든, 백현이 펼칠 수 있는 가장 강한 공격이다. 하지만 무턱대고 파천을 쓸 수는 없었다.

마룡왕에게 파천이 먹혔던 것은, 그녀가 백현에게 집중하지 않고 용성군과 라이 룽에게 집중하고 있었기 때문이다. 성급히 펼친다면 파천이 완성되기도 전에 혈사자에게 된통 얻어맞을 것이 뻔했다.

그러니, 일단은 혈사자의 이목을 흐려야 한다.

내뿜은 흑운이 폭풍처럼 몰아친다. 붉게 물든 세상에서 검은빛이 번져 나간다.

혈사자는 두 눈을 찡그리면서 손을 휘저었다. 그것만으로 연속된 폭발이 일어났다.

백현은 종이 한 장 차이로 폭발의 반경을 아슬아슬하게 벗어났다. 강기나 마기를 이용한 힘은 큰 효과가 없는 듯했다. 검무희, 검령과 싸울 적과는 사뭇 다른 양상이다.

그건 당연한 일이었다. 그들은 신격다운 힘보다는 검에 관련된 기교와 심안을 사용하는 것에 능했다.

반면에 혈사자의 힘은 정말 무식할 정도로 거대해, 백현의 내력으로는 우위를 점하기는커녕 태양 앞의 등불 정도밖에 되지 않는다.

그럼에도 혈사자는 마룡왕보다 약하다. 백현이 겪은 모든 어비스의 신격들이 마룡왕이 신격 중 가장 강했다고 하였으니, 그건 분명한 사실이리라.

'얼마나 봐주었던 건지 알겠어.'

이런 괴물을 때려잡을 정도로 강했다니. 무령이나 천존을 겪음으로써 신격이란 것들이 그리 대단하지 않다고 생각했는데. 오만했던 것은 나 자신이었나?

조소를 흘릴 틈도 없었다. 까딱 집중을 풀어버리면 그 순간이 바로 끝이다.

[나를 잡으세요.]

악몽의 결정자가 아니었다. 진동하는 칼자루가 다급한 목소리를 냈다. 백현은 채찍처럼 휘둘러지는 오러를 피해 몸을 젖혔다.

[당신 혼자서는 무리입니다.]

[지금 당신의 눈으로는 혈사자의 오러를 꿰뚫어 볼 수 없습니다.]

맞는 말이다. 혼돈의 흐름이 너무 거센 탓도 있었지만, 혈사자가 내뿜어대는 오러도 너무 진하다.

마기를 다루게 되고 검무희, 검령과 싸우며 백현의 심안은 진전을 이루었다. 하지만 지금의 '눈'으로도 이 세계를 채운 흐름을 모두 다 간파할 수는 없었다.

[내가 돕겠습니다.]

[당신의 어두운 눈을 대신하겠습니다.]

"몸놀림이 재빠르구나."

커다란 목소리가 쩌렁쩌렁 울린다. 쭉 그 자리에 서 있기만 하던 혈사자의 발이 처음으로 움직였다.

꽈아아앙!

내디딘 발이 세상을 무너뜨렸다. 하늘을 뒤덮고 있던 오러가 유성우처럼 쏟아져 내렸다.

절대 거스를 수 없을 것만 같은 중력이 백현을 붙잡았다. 혈사자가 발을 내디딘 자리에 거대한 구멍이 만들어져 있었고, 그 구멍이 백현을 빨아들이고 있었다.

그러는 와중에도 머리 위에서는 하늘이 쏟아져 내린다. 백현은 빠득 이를 갈면서 칼자루를 붙잡았다.

그 순간이었다. 강렬한 이질감과 함께 머릿속에서 폭죽이 터졌다.

의식과 더불어 감각이 확장되었다. 백현의 두 눈에서 광채가 뿜어졌다. 찰나의 황홀경이 백현의 몸을 떨게 만들었다.

백현은 자신이 검무희와 연결되었음을 깨달았다. 그로 인해 백현이 '보는' 모든 것이 바뀌었다. 아니, 바뀌었다기보다는 훨씬 '더' 잘 보이게 되었다는 것이 옳으리라.

모든 것이 보이고 있었다. 날 붙잡아 끌어내리는 힘의 '흐름'이 가득 찬 혼돈과 혈사자가 내뿜는 오러조차도, 색과 성질이 다를 뿐이지 '흐름'으로서 보이고 있었다.

평소의 시야에 익숙했던 백현에게 새로운 시야는 어마어마한 이질감을 느끼게 만들었다.

하지만 잠깐일 뿐이다. 금세 익숙해진다. 처음부터 이런 눈으로 세상을 보았다는 듯이. 이 터무니없는 시야가 낯설지 않고 익숙함으로써 받아들여진다.

그리고 이 시야를 어떻게 활용해야 할지도 알게 되었다. 오히려 이런 시야를 가지고 있음에도 패배한 검무희나 검령을 이해할 수가 없었다.

천의무봉.

심안의 완전한 개안은 천의무봉의 수준마저 상승시키지는 않는다. 하지만 훤히 보이는 흐름 중 무엇에 간섭해야 최상의 결과를 만들어낼 지는 알 수 있었다.

그거면 된다.

백현은 내리누르는 힘에 저항하지 않았다. 그러자 백현의 몸이 고속으로 추락했다. 코앞까지 다가온 하늘의 파편들. 얼기설기 엉킨 복잡한 흐름들이 보인다.

"포기했느냐."

비웃음 어린 목소리.

"어쩔 수 없는 일이지. 인간이면서 이만큼이나 저항한 것도 훌륭한 일이다. 너는 제법 괜찮은 적수였노라."

선심 쓰듯 던져주는 칭찬.

손을 뻗었다. 향한 것은 텅 빈 허공. 그 너머에서 쏟아지는 포악한 공격들.

아까는 도저히 간섭할 수 없을 것만 같던 것들이 이제는 다르게 보인다. 쥐었던 주먹이 활짝 펼쳐진다.

틈이라곤 없어 보였다. 방금 전까지는 그랬다. 하지만 지금은, 미세하게나마 틈이 보인다. 쭉 뻗었던 손가락을 굽혔고, 당겼다.

콰르르르!

무너지던 하늘이 백현이 당기는 방향대로 확 쏠려졌다. 붉은 은하수가 텅 빈 하늘을 가로질렀다.

곧이어 은하수는 일점에 모여 거대한 빛의 덩어리가 되었고, 길게 꼬리를 늘어뜨린 혜성이 되어 추락했다.

터진 빛이 흩어졌다. 순식간에 일어난 일이었다. 몰아치는 빛의 격류는 혈사자의 힘이었기에 그를 위협하지는 않았다.

하지만 혈사자는 잠깐이나마 당황할 수밖에 없었다. 도대체 무슨 일이 벌어진 것인지 이해를 할 수가 없었다. 그것이 혈사자의 짜증을 분노로 바꾸었다.

그 분노를 집어삼키며 살의가 피어올랐다. 자신의 힘을, 이해할 수 없는 방법으로 흩뜨렸다는 것이 혈사자의 얼굴을 일그러뜨렸다.

"놈!"

버럭 외친 일갈이 빛을 꺼뜨린다. 혈사자는 포악스럽게 손을 내질러 백현을 붙잡으려 들었다.

아래로 추락하던 백현은 여전히 광채 어린 눈으로 다가오는 일격을 보았다.

밝은 눈이 이후 벌어질 일을 예측한다. 저 일격의 위력. 돌파할 수 있다.

과정을 뛰어넘어 결론에 도달했다. 그것은 찰나, 백현의 신형이 흐름을 관통했다.

미세한 틈, 그것에 뛰어든 백현의 속도가 흐름을 타고 가속했다. 혈사자의 눈이 부릅떠졌다.

빼엉!

혈사자의 주먹에 커다란 구멍이 뚫렸다. 정면에서 뚫고 들어간 백현은 부릅 뜨여진 혈사자의 눈을 직시했다.

허리를 비틀며 휘둘러 찬 발길질이 허공을 걷어찼다. 파천강기가 채찍처럼 뿜어지며 혈사자를 덮쳤다.

'뭐냐?'

이 역시 이해할 수 없는 일이다. 대번에 몸놀림이 바뀌었다. 대체 무슨 계기가 있어서?

힘, 속도, 그런 것은 아까와 거의 달라지지 않았다. 그런데……이상한 일이다. 저 정도 위력의 공격으로는 관통될 리가 없는데.

태산처럼 일어난 오러가 파천강기를 가로막는다. 그리 두었다. 이 역시 예측한바. 백현은 미래를 보는 것이 아니다. 움직이는 흐름을 모조리 파악하면서 일어날 법한 결과를 예측하는 것뿐.

빗나갈 리 없는 예측이다. 심안으로 보고, 천의무봉으로 흐름에 간섭하여 힘의 방향을 유도한다. 천의무봉대로 휘둘러진 흐름이 세상의 균형을 무너뜨린다. 거센 흡력에 혈사자의 몸이 휘청거렸고 백현은 더욱 가속했다.

이 말도 안 되는 상황에 혈사자가 또다시 일갈을 내지른다. 전신 털이 곤두서면서 몸이 뒤로 밀린다. 그 순간에 질풍신뢰가 펼쳐졌다.

혈사자는 흠칫 놀라 고개를 돌렸다. 거대한 눈에 백현의 모습이 비쳤다.

백현은 크게 숨을 삼키며 손을 뻗었다.

꽈앙!

흑운이 혈사자의 머리를 뒤덮었다. 그건 꺼지지 않는 불꽃처럼 혈사자의 머리에 달라붙어 일렁거렸다.

쿠웅!

혈사자의 발이 뒷걸음질 치며 땅을 찍었다. 이 또한 이해할 수 없는 공격이다. 이깟 위력의 공격이 어찌 견고한 오러를 침범해 아픔을 느끼게 할 수 있는 것인가?

[어어…….]

[지금 뭐 하는 거야?]

[설마. 지는 건가?]

당황한 것은 헌드레드도 마찬가지였다.

'감히.'

혈사자는 뿌득 이를 갈았다. 그는 꽉 쥔 주먹을 높이 들었다가, 아래로 내려찍었다.

쿠르릉!

오러가 증폭되었다. 머리에 달라붙었던 흑운이 밀려나 사라진다.

갑자기 이해할 수 없는 재주를 부려대지만, 이것은 결코 위기가 되지는 않는다. 그는 긴 세월 군림해 온 거신왕이었고, 이보다 더한 도전들도 겪어왔다.

"감히!"

증폭된 오러가 끝 모를 듯 부풀어 오른다. 세계가 혈사자의 신력으로 가득 채워졌다.

카르파고가 사용했던 아신전. 혈사자와 혈맹으로 엮인 모든 거인의 힘이 이곳에 모여들었다.

유입된 거대한 힘들이 혼돈과 뒤섞였다. 혈사자가 지배하는 모든 힘이 오직 백현을 죽이기 위해 움직였다.

백현은 유동적인, 포악한 흐름을 모조리 살피면서 양손을 들었다.

끔찍한 힘들이 서로 앞다투어 충돌했다. 일어난 폭발은 다른 폭발에 삼켜지고 더 큰 폭발을 만들어냈다.

그 사이사이에 백현은 파천강기를 흘려냈다. 흐름에 뒤섞인 파천강기가 백현의 의도대로 불합리한 위력의 파괴를 준비했다.

그것이 정점에 달했을 때, 선고 없이 파천이 펼쳐졌다.

쩌어엉!

거대한 폭풍이 혈사자의 몸을 날려 버렸다. 그 거구가 폭풍을 견뎌내지 못하고 하늘로 치솟았다.

혈사자는 자신의 몸을 뒤덮은 오러가 소멸되는 것과 갑옷에 금이 가는 것을 두 눈으로 직접 보았다.

"이게 무슨……!"

당황해 외친다는 것은 아직 여유가 있다는 건가.

백현은 두 번째 폭풍을 준비했다. 위력은 충분했다고 생각했는데. 아무래도 오판이었던 모양이다. 어쩌면 혈사자의 방어가 마룡왕보다 견고한 것인지도 모르겠다.

상황도 다르다. 그때 마룡왕은 이미 파천의 폭발에 제대로 대응하지 못했다.

그러니까 한 번 더.

혈사자는 몸을 당기는 흐름에서 억지로 벗어나 주먹을 쥐었다. 꿈틀거리는 근육이 폭발적으로 부풀었다.

가뜩이나 커다랗던 혈사자의 팔이 그의 몸보다 훨씬 크게 부풀어 올랐다.

그리고 내리찍는다. 연이어 터진 파천의 폭발이 혈사자의 팔을 집어삼켰다.

과연, 혈사자의 대응책은 훌륭했다. 그는 스스로 거대한 힘을 일으켜 쏟아내며 파천을 찍어 눌렀다. 그 힘은 파천에 찢겨 나가면서 혈사자의 팔을 소멸시켰지만, 갑작스레 밀리던 상황에 제동을 걸기에는 충분했다.

'눈!'

이 알 수 없는 상황을 예전에도 겪어본 적이 있었다.

검무희. 그 괴상망측한 신격과 다투었을 때. 분명 보잘것없는 신력임에도 혈사자와 밀리지 않고 겨루었던 신격. 검무희와 겨루었던 것은 충분한 교훈을 남겨주었다.

저 눈을 상대로 부푼 힘을 과시하는 것은 통하지 않는다. 압도적인 힘으로 찍어 누르는 것과는 다른 방법을 써야 한다.

혈사자의 몸이 푹 꺼지듯 사라졌다. 워낙 커다랗던 몸뚱이였기에, '작아진' 것만으로도 사라진 것처럼 보였다.

물론 작아졌다지만 여전히 크긴 했다. 수십 미터가 3미터 정도로 줄었을 뿐이다.

세상을 뒤덮던 신력이 저 작아진 몸에 응축되었다. 불필요한 흐름을 모조리 걸러낸다.

이런 식의 전투는 혈사자가 선호하는 방식은 아니었다. 그렇다지만 힘으로 압도하는 것이 통하지 않는 상대이니, 내키지 않을지라도 하는 수뿐이다.

"좋네."

백현은 작아진 몸으로 돌진하는 혈사자를 보며 중얼거렸다.

"나도 그쪽이 편한데 말이야."

빌딩만 한 괴물과 싸우는 것보다는 이쪽이 훨씬 편했다.

6장
무슨 일이 벌어질까

백현의 눈이 특별하다는 것은 혈사자도 진즉에 알고 있었다. 한때 사도로 삼았던 카르파고가 이미 저 눈을 겪어보았기 때문이다.

하지만 저 눈은 그때와 비교가 되지 않는다. '아까'와도 다르다. 저만큼이나 밝은 눈을 가졌으면서 왜 아까는 활용하지 못했단 말인가.

'칼자루?'

백현의 허리에 매어진 칼자루를 본다.

이유를 꼽는다면 저것밖에 없었다. 일방적으로 몰리던 놈이, 저 칼날 없는 칼자루를 쥐고 나서 전혀 다르게 바뀌었다.

"기물의 도움을 받느냐!"

꾸짖는 일갈과 함께 혈사자의 손이 뻗어졌다. 우러러봐야 할 정도로 거대한 크기에서 3m 정도로 작아지기는 했지만, 여전히 거구다. 뻗어내는 손은 백현의 몸을 통째로 붙잡아 으깰 수 있을 만큼 거대했다.

파괴적으로 공간을 찢어오는 손에 맞서, 백현은 맨몸으로 뛰어들었다.

심안과 천의무봉으로 대적하기에는 아까처럼 거대한 힘을 몰아붙이는 것이 편했다. 하지만 '백현'에게는 이런 식의 대인전이 편했다.

내지른 손이 혈사자의 손과 충돌한다. 직전에 어깨와 관절을 비틀어 아래로 파고들었다.

혈사자의 착각은 천의무봉이 무조건 강맹한 공세에 대적하는 것에 특화된 것이 아니라는 것이었다.

입식 타격은 무조건 때리고 걷어차는 것이 전부가 아니다. 상대의 공격을 흘려 버리는 것. 심안과 천의무봉이 더해진다면 그건 보다 예리하고 완전해진다.

터억!

아래로 밀어내 올려친 손등이 혈사자의 공격 방향을 위로 약간 틀어 올렸다.

즉시 발을 뻗어 거리를 좁히며 왼 주먹을 꺾어 뻗었다.

빼엥!

혈사자의 오러와 백현의 파천강기가 충돌했다.

쳐낸 오른팔이 욱신거린다. 흘려내는 것은 성공했지만 혈사자의 힘이 너무 강했다.

오러가 들끓는다. 놈이 휘감아 방어 수단으로 쓰던 오러의 흐름에 파천강기를 가득 주입했다.

내가중수법의 요결을 사용했지만, 뼛속 깊이 기를 박아주지는 못했다. 하지만 혈사자의 얼굴을 더욱 일그러뜨리는 것에는 성공했다.

“놈!”

혈사자가 고함을 지르며 오러를 부풀린다. 펼친 양손으로 백현을 끌어안는다. 파직거리는 오러는 품에 안긴 즉시 죽음의 요람이 될 것이다.

백현은 긴장의 끈을 팽팽히 당기며 발돋움을 했다. 순간적으로 펼쳐진 질풍신뢰가 백현의 몸을 혈사자의 머리 위로 이동시켰다.

뻐억!

곧추세운 무릎이 혈사자의 안면에 처박힌다. 이번에도 오러를 뚫어내지는 못했다.

카르파고의 오러실드와 비교가 되지 않을 정도로 견고했다. 아까와는 전혀 다른 견고함이다. 백현의 공격이 위력적이라는 것을 혈사자 본인도 인정했기 때문이다.

백현은 위로 들었던 양손을 내려찍었다. 쏟아져 내린 흑운이 혈사자의 오러 실드와 뒤엉킨다.

하지만 혈사자는 발을 크게 내려찍은 것만으로 흑운을 떨쳐냈다.

즉시 뻗은 손이 허공을 움켜쥐었다. 당긴 것만으로 어마어마한 흡력이 발생되어 백현의 움직임에 제동을 걸었다. 혈사자는 기다렸다는 듯이 오러를 폭발시켰다.

하지만 질풍신뢰는 그 주박에서마저 자유롭다. 몸뚱이가 사라지고 백현은 념체가 되어 혈사자의 뒤로 이동했다.

터진 폭발을 보지 않고 혈사자는 홱 고개를 돌렸다. 그가 본 것은 무수히 많은 검은 '선'이었다.

카가가각!

파천강기가 담긴 수백 가닥의 은사가 혈사자의 몸을 밀어냈다. 여태까지 사용하지 않았던 아라크네가 뒤늦은 존재감을 과시했다.

백현은 양팔을 크게 휘둘러 은사에 힘을 밀어 넣었다. 쉬지 않고 몰아치는 은사가 채찍이 되었다.

혈사자는 오러를 굳건히 하고서 뒤로 몇 걸음 물러섰고, 자신이 물러났다는 것에 더욱이 분노했다.

그 분노는 힘이 되었다. 혈사자는 뿌득 이를 갈면서 신력을 북돋웠다. 그러자 혈사자를 타격하던 은사가 모조리 정지했다.

파천강기가 신력에 침범되고 은사가 가닥가닥 끊겼다. 오러에 신력이 깃든다. 혈사자는 꽉 쥔 주먹을 앞으로 내질렀다.

새로운 은사가 흘러나왔다. 그 은사는 혈사자를 공격하지 않고 백현의 오른팔을 휘감았다.

은사에 흐르는 검은빛은 파천강기보다 훨씬 더 진했다. 마왕의 인장에서 뽑아낸 순수한 마기만을 가득 담았기 때문이다.

팔을 휘감은 은사가 회전을 시작했다. 그 아래, 은사에 감긴 팔에는 가득 불어넣은 공력이 강기를 형성했다.

그 강기는 마기를 두르고 회전하는 은사와 뒤섞였다.

발을 내디디며 주먹을 뻗었다. 사용하기 '쉽게' 형성했던 파천강기와는 다른, 통제되지 않는 폭력이 만들어졌다.

콰지직!

혈사자의 신력이 흩어졌다. 내질렀던 오른팔이 정면에서 밀려온 힘을 버티지 못하고 으깨졌다. 굳건히 힘을 주었던 다리가 더 버티지 못하고 붕 떠올랐다.

이 무슨 굴욕이란 말인가. '엉덩방아'를 찧었다. 혈사자는 떨리는 눈으로 이 '감각'의 여운에 잠겼다.

다리가 굽혀지는 것. 엉덩이가 땅에 닿는 것. 양손이, 땅을, 짚은 것.

[이거 정말…….]

헌드레드가 중얼거렸다. 경악은 그 역시 똑같이 느끼고 있었다.

혈사자.

어비스의 신격 중에서도 특히나 강력했던 대신격이다. 미쳐 날뛰는 템페스트나 독보적으로 강했던 마룡왕에게 망신을 당한 적이 있기는 했지만, 저 거신왕의 신화와 격은 인간에게 침범될 정도로 하찮은 것이 아니다.

[저게 정말 인간이라고?]

그 말이 혈사자에게는 더 큰 모욕으로 다가왔다. 그런 의도는 없었다지만, 고작 인간 따위에게 이런 굴욕을 당한 자신을 비웃는 것만 같았기 때문이다.

백현은 숨을 몰아쉬며 어깻죽지를 붙잡았다. 이건 너무 무식한 공격이다. 한 번으로 끝.

물론 그건 '파라넥트가 없었다면'의 이야기다.

거짓 불멸성이 소멸된 팔을 재생시킨다. 방금의 공격을 통해 혈사자의 신력과 그의 팔을 날려 버리기는 했지만, 그 반동은 백현의 오른팔을 소멸시켜 버렸다.

'할 수 있어.'

하지만 방금의 공격을 통해서 이 싸움의 '결과'에 확신을 얻었다.

검무희와의 공명으로 완전한 심안을 개안한 지금. 백현은 저 괴물 같은 거신왕과 거의 대등하게 싸울 수 있었다. 그리고 미세하게나마 우위를 점하고 있기도 했다.

물론 그건 미세한 우위에 지나지 않는다. 하지만 백현은 분명히 확신하고 있었다. 싸움이 이어질수록 백현은 '적응한다'. 여태까지 늘 그래왔듯, 대적과의 생사결 속에서 백현은 언제나 자신을 성장시켜 왔다.

"하…… 하하하!"

백현과 마찬가지로 오른팔을 재생한 혈사자가 돌연 웃음을 터뜨렸다. 그는 큰 소리로 껄껄 웃으며 어깨를 들썩거렸다.

백현은 호흡을 가다듬으며 혈사자를 노려보았다.

"묻고 싶구나."

굴욕과 모욕에 대한 분노를 여전히 담아두었지만, 혈사자는 웃는 얼굴이었다.

그는 양손을 들어 보이며 물었다.

"넌 왜 나와 싸우고 있느냐."

어처구니없는 물음이었다. 백현은 헛웃음을 흘리며 대답했다.

"댁이 날 죽이려 하니까."

"그전에 너를 포용하고자 하였노라."

"어, 그렇지. 난 거절했고. 그래서 댁이 날 죽이려 들었어."

"목숨이 아까워 저항한다면 내 권속이 되었으면 될 터인데?"

"지랄 좀 하지 마. 죽을 만큼 싫으니까 이러는 거지."

그리 쏘아붙이는 말에도 혈사자는 웃기만 했다.

"그렇구나. 네가 대적하는 것에 대의(大義)는 이유가 되지 않는다는 말이렷다."

"뭔 개소리야?"

"아무것도 모르고 이곳에 온 게로구나. 너는 여기서 무슨 일이 일어나는지, 앞으로 무슨 일이 벌어질지 아무것도 모르느냐."

백현의 눈썹이 꿈틀거렸다.

당연히, 모른다. 도망치는 검령을 쫓아 이곳까지 왔을 뿐이고, 대뜸 나타난 혈사자에게 한 방 얻어맞았다. 권속이 되라는 둥 헛소리를 해대기에 싸웠을 뿐이다.

"……뭔 소리를 하고 싶은 거야?"

"마지막으로 권유하는 것이다."

굴욕과 모욕. 그에 더불어, 강렬한 욕심이 들기도 했다. 죽이기 아깝다. 정말, 너무 아까웠다.

혈사자의 휘하에 있는 권속들. 거인족 중에서도 저만큼이나 강한 존재는 없었다. 혈사자와 맞섰던 필멸자를 통틀어도 그러했다. 당장의 모욕과 굴욕쯤은 백현을 권속으로 삼아 충성을 맹세받는다면 눈 녹듯이 사라질 것 같았다.

"나는 너를 치워 버리고 문을 열 것이니라."

여전히 알 수 없는 말이다.

'문?'

백현은 주변을 둘러보았다. 이 시커먼 세계 그 어디에도 '문' 따위는 보이지 않았다.

"그 뒤에. 나는 어비스로 나갈 것이니라. 그렇게 5년 전에 하지 못했던 일들을 이번에야말로 이룰 것이니라. 하찮은 존재들. 인간들. 신격의 꼭두각시에 지나지 않는 장난감들. 그들을 모조리 지워 버리고서 직접 혼돈의 근원을 찾을 것이니라."

[미친.]

악몽의 결정자가 짧은 감상을 내뱉었다.

"그 누구도 나를 막을 수 없다. 귀찮은 신격들은 모조리 외차원에 갇혀 있으니, 굳이 방해물을 꼽자면 마룡왕뿐이겠지만. 하하! 신격을 잃은 그 계집이 감히 내 적수가 될 수 있겠느냐?"

"될 것 같은데."

백현은 듣기 싫다는 표정을 지으며 중얼거렸다. 하지만 혈사자는 여전히 웃기만 했다.

"그것이 전부는 아니니라."

더 듣고 싶은 마음은 없었다.

혈사자가 떠드는 말들은 백현에게 아무런 상관이 없었다. 그가 마룡왕을 쓰러뜨린다는 것도 솔직히 가능할 것 같지가 않았고, '문'이라는 것도 이해하고 싶지 않았다.

"문이 열리게 되면. 어비스는 바깥에 침식되느니라."

하지만 그 말은 백현의 생각을 뚝 멈추게 만들었다.

“그런 일을 함으로써 역천자가 무엇을 노리는 것인지는 알 수 없는 일이다만.”

“…….”

“나쁠 것은 없는 일이잖느냐. 결국 ‘영토’가 넓어지는 것이다.”

“…….”

“하지만 욕심은 나지 않는구나. 새로이 정복하는 것은 늘 즐거운 일이지만, 그것도 정복할 가치가 있는 마땅한 적이 있을 때야 즐거운 법이니. 바깥의 약해 빠진 인간과 군세는 정복할 가치도 없노라.”

“…….”

“하지만 침식으로 인한 혼란을 지켜보는 것은 꽤 즐겁겠지. 혼돈의 근원을 찾아가는 지루한 과정을 달랠 여흥은 될 것이니라.”

백현은 아무런 말도 하지 않았다.

세상이 어찌 되든 알 바는 아니었다. 하지만 ‘저런’ 규모의 일이 벌어질 것이라고는 생각한 적이 없었다. 상상하는 것이 이상한 일이다.

어비스가 바깥을 침식한다고?

“너는 이렇게 죽기 너무나도 아까운 인재이니라.”

침묵하는 백현을 앞에 두고, 혈사자는 계속해서 말했다.

“그러니 내 권속이 되어라. 그리한다면, 네가 평생 겪지 못할 영광을 누리게 해주리라."

"……."

여전히 백현은 대답하지 않았다.

저 세상에 좋은 기억이…… 있었나? 갑작스러운 교통사고. 양친을 잃고 고아가 되었다. 고아원에 맡겨져 성장했다. 주변에서 부모 없는 자식이라는 수군거림을 들었다.

어릴 적 친구들. 고아원에서 만난 것이 아닌, 학교에서 만난 친구들과는 항상 일정한 거리가 있었다. 색안경. 우리 엄마가 너랑 놀면 안 된대. 뭐 어쩔 수 없지.

성인이 되고서 아르바이트 이력서를 쓸 때. 부모님은 뭐 하시고? 이 말이 참 듣기 싫었다.

어렸을 적 돌아가셨어요. 멋쩍게 웃으며 그렇게 대답하면, 항상 똑같은 반응이 돌아왔다. 순간 지나가는 난감함, 동정, 결국에는 미안하다는 사과. 사과해 달라고 한 것도 아닌데. 그런 식의 배려가 더 불쾌했다.

"난 상관없는데."

백현은 작은 소리로 중얼거렸다.

검무희가 몸을 떨고 있다. 좋은 세상이라고 말했다. 아름답다고도 했다.

검무희가 했던 말이다. 하지만 백현은 다른 사람을 떠올리고 있었다. 이상하게 사라의 얼굴이 떠올랐다.

"나도 참. 처음 알았어. 내가 이렇게 솔직하지 않았었나."

혈사자로서는 알 수 없는 투덜거림이었다.

하지만 솔직한 심정이었다. 알 바 아니다. 어쩌면 그게 더 재미있을지도 모르겠다는 생각도 든다. 그렇게 개판이 나버린다면. 어비스가 바깥 세계에 침식하면, 대체 어떤 일들이 일어날까.

"궁금하긴 한데 이상하게 싫단 말이지."

사라를 떠나서. 세상이 개판 나는 것과 상관없이, 백현은 '싫었다'.

어비스와 현실이 침식되는 것이 싫은 것이 아니다. 그가 싫은 것은.

"너희들 바람대로 된다는 것이 싫어."

역천자의 바람이 이루어지는 것이. 오만한 태도를 고수하며 떠들어대는 혈사자가 날뛰는 것이 결국, 이런 것이다.

저 자식들은 × 같은 놈들이고. 그런 놈들이 하려는 일이 성공하게 두고 싶지 않다.

배알이 꼴린다. 나서서 분탕을 쳐 망치고 싶다. 공들인 일들이 성공을 목전에 두었는데 실패하게 만들고 싶다.

"그런가."

혈사자는 실망했다는 표정을 지었다.

"그렇다면 어쩔 수 없구나."

마지막으로 권유한다고 말했다. 그런데 거절을 들었다. 그렇다면 이것으로 미련은 끝이다. 당한 굴욕과 모욕에 마땅한 형벌을 내릴 수밖에.

백현은 한 발 앞으로 내디뎠다. 단지 '살기 위해' 벌이던 싸움에 분명한 목적이 생겼다.

"이리 쓰게 될 줄은 몰랐다만."

혈사자가 손을 뻗는다. 내디딘 발이 땅을 박찼다. 섬전처럼 가속한 백현은 양손에 파천강기를 그득하게 실었다.

"조금 빨라졌을 뿐이지."

뻗은 손이 무언가를 쥐었다.

[안 돼.]

비명.

[……가 탄식합니다.]

의식이 끊어졌다.

그리되기 직전에 보았던 것은, 거대한 빛이었다. 지금의 심안으로도 꿰뚫어 볼 수 없는 빛. 너무 거대하고, 진정으로 무결(無缺)한 힘.

혈사자가 바알을 쥐었다.

아신검 바알은 일종의 에너지 탱크라고 보면 돼. 혈사자는 자신의 신력의 일부를 긴 세월 동안 바알에 주입해 쌓아왔지. 아마 바알에 쌓인 신력이 얼마만큼인지는 혈사자 본인도 모를걸.

오래전, 악몽의 결정자에게 들었던 말이 떠올랐다.

백현은 간신히 입을 열었다.

"아…… 으으……."

이렇게 아파 신음한 것이 얼마 만이더라.

"전부를 쓰지는 않을 것이니라."

혈사자가 성큼거리며 걸었다.

병신같이, 왜 생각하지 못했냐.

바알은 혈사자를 상징하는 신물. 카르파고에게서 빼앗았던 바알은 가짜였다. 진짜 바알은 여전히 혈사자에게 있었다. 그런데 왜 바알을 생각하지 않은 거냐.

"일부만을 써도 충분할 터. 나머지는 마룡왕에게 사용해야 하니 말이다. 하지만…… 영광으로 알도록 하여라. 나는 널 인정하고, 대단하다 생각하기에. 굳이 쓰지 않아도 될 바알을 쥐었노라."

백현은 양손으로 땅을 짚었다. 그게 한계였다. 가슴 아래가…… 없다. 피조차 흐르지 않는다. 단어의 의미 그대로 '소멸'되어 버렸다.

"혹여, 희망을 가졌느냐. 이길 수 있다 생각하였느냐. 그렇다면 내 실책이구나. 난 희망이 박살 나면 거대한 절망으로 바뀌는 것을 알고 있노라. 하나 왕을 모욕한 무지렁이에게 내리는 형벌로는 더할 나위 없노라."

'재생해라.'

거짓 불멸성이 발동된다. 소멸된 가슴 아래가 재생되기 시작했다.

"이 순간의 절망이 내가 너에게 내리는 형벌이니라. 그러니 절망 속에서 죽을지어다."

다시 한번 그 빛이 뿜어졌다.

이번에는 '보았다'. 바알을 한 번 휘둘렀을 뿐. 하나 그 별것 아닌 휘두름에는 혈사자가 여태까지 내뿜었던 것과 비교되지 않을 강대한 신력이 실려 있었다.

피할 수 없다. 질풍신뢰를……. 의식이 마음껏 움직이지 않는다.

백현의 밝은 눈은 덮쳐오는 분명한 죽음을 응시했다.

두근.

언제나 품속 깊이 넣어두었던 것. 마룡왕이 건네주었던 비늘이 뜨겁게 타올랐다.

푸확!

시뻘건 비늘의 장벽이 백현을 뒤덮었다.

콰르르르!

신력이 비늘의 장벽과 충돌했다. 그것을 본 혈사자의 눈이 이채를 발했다.

"마룡왕의 비늘……? 어찌 네가?"

하지만 단순한 장벽일 뿐. 마룡왕 본인이 온 것도 아니다. 백현도 그걸 알았다. 이건 시간 끌기일 뿐이다.

비늘이 으깨져 소멸해 간다.

[도망쳐.]

악몽의 결정자가 급히 말했다.

[이곳에서 난.]

[도울 수 없어.]

[도망쳐.]

이곳에서 도망친다고 해서 마땅한 수가 생기나? 게다가 도망칠 방법도 없는걸.

백현은 피를 토하면서 낄낄 웃었다.

그리고 도망치고 싶지도 않았다. 저 개짓거리를 망쳐 버리고 싶으니까.

"……믿어야겠지."

백현은 작은 소리로 중얼거렸다.

명공에게 받은 파라넥트의 거짓 불멸성.

악몽의 결정자에게 받은, 인과율을 비트는 하블.

만약의 때를 위한 준비는 최대한 갖추었다. 시험해 본 적은 없지만, 사실 시험해 볼 수도 없었고.

그러니까.

……은 쓰지 마라.

상황이 이렇게 되어버렸잖아.

백현은 명공의 경고를 떠올리면서, 품 안에 손을 집어넣었다. 살짝 흔들렸음에도 방울 울리는 소리는 나지 않는다.

장벽이 무너져 내린다.

백현은 천천히 손을 펼쳤다. 받아내고서 꺼낸 적이 없던 저주의 방울이 그의 손바닥에 놓여 있었다.

"……자."

백현은 크게 숨을 들이켰다.

"무슨 일이 벌어질까."

백현은 살령을 반대편 손가락으로 잡아 들었다.

장벽이 완전히 무너졌을 때.

딸랑.

작은 방울 소리가 울렸다.

7장
지금의 나보다

살령은 어떤 의미에선 인과율을 비트는 물건이야.

명공과 나누었던 대화가 떠오른다.

또, 어떤 의미에서는 기적을 일으켜 주는 물건이기도 하지. 하지만 살령이 일으켜 주는 기적은 굉장히 한정적이다. 살령은 죽어가는 인간이나 이미 죽은 인간을 살릴 수는 없고, 누군가의 병을 치료해 줄 수는 없다.

알고 있다. 이건, 그렇게 편리하게 써먹을 수 있는 물건이 아니다.

살령을 사용할 만한 상황은, 쉽게 말하면 이런 거다. 네가 절대로 이길 수 없는 누군가와 싸울 때. 그 누군가가 너뿐만이 아니라, 너와 함께 있는 모든 이들을 죽이려고 할 때.

그렇다면 지금의 상황은 아주 최악은 아닐 것이다.

악몽의 결정자와 함께 있기는 하지만, 그녀의 본신은 외차원에 있다. 여기서 봉제 인형이 파괴되어 봤자 단말이 사라질 뿐이지 악몽의 결정자가 죽는 것은 아니다.

굳이 난감한 것을 꼽자면, 검무희의 존재다.

너희는 절대로 그곳에서 도망칠 수 없고.

그런 것은 바라지도 않는다. 백현은 도망칠 생각이 없었다. 사실 도망칠 방법도 없었다. 도주로는 보이지 않는다.

너희들끼리 그 상황을 극복할 수도 없으며.

맞는 말이다. 검무희와 동화됨으로써 일시적으로 심안을 완전히 개안했다.

하지만 이 눈으로 가능한 것은 바알을 쥐지 않은 혈사자와 엇비슷하게 싸우는 것이 고작이다. 그마저도 혈사자의 공격 하나를 잘못 대응하면 무너져 내릴 정도로 불안정하다.

상대는 절대로 자비를 베풀지 않아. 결국, 너희는 무자비하고 강력한 적에게 죽어야만 해.

혈사자는 백현에게 더 이상의 자비를 베풀지 않는다. 그가 결정한 백현의 결말은 권속이 되거나, 죽거나, 둘 중 하나다. 당연히 백현은 그런 결말에 도달하고 싶지 않았다.

그때.

그래. 바로 지금.

간절히 바라며, 살령을 울려라.

딸랑거리는 방울 소리가 길게 이어진다. 그 기나긴 울림은 맑고 영롱했다.

그러면…… 어떻게든 된다. 정말, 어떻게든 돼.

과연 무슨 일이 일어날지. 백현도 알 수가 없었다. 써본 적이 없었으니 당연한 일이다.

도망치는 것을 바란다면 도망칠 수 있을 것이고.

바라지 않아.

적을 죽여 버리길 바란다면 죽일 수 있을 거다.

그게 바로 내가 바라는 거지.

하지만 바람이 이루어졌을 때, 일어나야 할 일이 일어나지 않았음에 대한 후폭풍은 너 자신의 몸에 찾아온다.

대비책은 마련해 두었다. 충분한지는 알 수 없었지만, 지금 갖추어둔 대비가 백현이 준비할 수 있는 최선이었다.

거짓 불멸성을 불어넣는 파라넥트.

죽음이란 인과를 비트는 하블.

이것들로 인과율을 비틀어 버린 것에 대한 후폭풍을 어디까지 감당할 수 있을까.

명공에게 살령을 주었다는 친구는, 죽었다고 했다.

처참한 죽음이었어. 인과율을 거스른 대가란 그런 거다. 절대로 피할 수 없어. 네가 파라넥트로 거짓 불멸성을 얻었다고 해도, 인과율의 대가는 반드시 너를 죽이려 할 거다. 설혹 죽진 않더라도, 네가 비튼 인과율만큼의 대가는 감당해야 해.

각오.

글쎄, 그건 잘 모르겠다. 뒤에 찾아올 후폭풍을 감당할 만한 각오……는, 없다기보다는 생각해 본 적이 없었다.

그건 지금도 마찬가지였다. 단지 궁금할 뿐이다. 살령으로 인해 비틀어 버린 인과율이 어떤 새로운 인과를 만들어낼지.

지금의 백현은 절대로 혈사자를 이길 수 없다. 악몽의 결정자는 바알에 축적된 신력은 혈사자 본인도 알 수 없을 것이라고 했었다.

바알을 쥔 혈사자는, 축적된 신력의 '일부'만을 사용해 백현을 빈사 상태로 만들었다. 마룡왕의 비늘이 보호해 주지 않았다면 이미 죽었을 것이다.

쓸 수밖에 없는 상황이다. 쓰지 않으면 죽는다. 써도 죽는다.

결국, 죽을 뿐이라면, 당연히 쓰고 죽는 것이 낫다. 적어도 저 오만무도한 혈사자와 역천자가 벌이는 개짓거리를 망칠 수는 있을 테니.

그래, 결국 선택지는 하나뿐인 것이다.

다음의 일은 다음을 맞이했을 때 생각한다. 당장은 이 상황을, 필연적으로 도달하게 될 결과를 비튼다.

방울 소리가 사라진다.

백현이 바라는 것은 명확했고, 바알이 내뿜은 신력은 백현을 보호하고 있던 마룡왕의 비늘을 모조리 소멸시켰다.

거기서 한 번 더.

혈사자는 바알을 휘둘렀다.

왜 백현이 마룡왕의 비늘의 보호를 받는 것인지는 모르겠다. 혹시 저놈과 마룡왕 사이에 어떠한 관계가 있었던 걸까.

그렇다고 해도 상관없었다. 바알을 사용하기 시작한 이상, 혈사자는 그 마룡왕이라 해도 자신의 적수가 되지 못하리란 확신을 가지고 있었다.

만약 저놈의 죽음으로 마룡왕이 분노한다면. 오히려 좋은 일이다. 분노는 판단력을 흐리니까.

자그마한 방울 소리 따위, 혈사자에게는 들리지도 않았고 설령 들었다고 해도 별생각은 하지 않았을 것이다.

소리는 듣지 못했지만 혈사자는 지금 '무언가가' 일어나려 한다는 것을 직감했다.

그건 정말 알 수 없는 직감이었다.

싸움은 끝났다. 인간치고 대단하기는 했지만, 발악도 여기까지다. 그래야만 했다.

백현은 사라지는 비늘의 잔재를 보았다. 마룡왕이 건네주었던 비늘의 뿌리. 그건 더 이상 남지 않았다.

그대는 그 비늘을 본녀와의 싸움에서 사용할 수 없소.

그런 일은 없게 되었다.

그대가 죽어야 한다면, 다른 신격이 아닌 본녀의 손으로 죽여주고 싶다는 것이 그대에 대한 친애이자 예우라 생각하오.

다음이 있다면 말이야.

다녀와.

오래 안 걸리도록 노력할게.

그 목소리에 해주었던 대답.

'고마워'라는 말도 했었다. 사라가 배려해 주고 있다는 것을 알아서.

아마 '다음'이 있다면, 다른 말을 해야 할 것이다. 늦어서 미안하다는 말.

천공성을 떠날 때, 자신을 하염없이 쳐다보던 사라의 시선이. 그 표정이. 붙잡지 않고 보내주었던, 그 모습이 지금 이 순간에 떠올라 오랫동안 아른거렸다.

오래 안 걸리도록 노력할게.

“괜한 말을 했어.”

백현은 작은 소리로 중얼거렸다.

이렇게 될 줄은 몰랐다고는 해도. 지키지 못할 약속은 하는 것이 아니었다. 애초에 그 말을 하지 않았더라면. 서로에게 미련이 될 일도 없을 텐데.

바다나 보면서 기다리고 있겠다는. 카페에서 시간을 때우고, 너무 늦어지면 비싼 호텔의 비싼 방에서 묵겠다고 내뱉었었지. 너는 정말 그렇게 기다려 줄까.

딸랑거리는 소리가 다시 들린다.

백현은 천천히 몸을 일으켰다. 시간이 멈췄다. 아니, 느리게 흐를 뿐인가.

비늘의 잔재가 흩어져 사라지는 것. 혈사자가 바알을 휘두르는 것. 바알에서 뿜어져 나온 신력이 끔찍한 위력을 가진 공격이 되는 것. 느리게나마 진행되는 현실이다.

백현은 자신의 몸을 내려다보았다. 가슴 아래가 모조리 날아갔었는데. 어느새 재생되었다.

‘달라.’

이건 재생이 아니다. 입고 있던 옷, 신은 신발까지. 전부 그대로 돌아와 있다. 마치 시간이 거꾸로 흐른 것 같다.

'살령 때문일까.'

멈췄던 방울 소리가 다시, 긴 여운을 남기며 울리고 있다.

손을 힐긋 보았지만, 그곳에 살령은 없었다.

심장이 두근거리며 뛴다. 보이는 시야가 달라진다. 숨을 쉬는데, 공기의 맛마저 이상했다.

그뿐만이 아니었다. 감각 전체가 이상하다. 백현은 자신의 몸속에서 피어오르는 거대한 힘을 느꼈다.

낯선 기분은 아니었다. 백현도 잘 아는 힘이었다.

마기.

두근거리며 뛰는 심장 박동이 터질 듯 격해진다. 마왕의 인장이 인두처럼 뜨거워져 백현의 가슴을 지지고 있다.

심장과 함께 호흡이 빨라진다. 피가 끓고 뇌가 수축과 팽창을 반복한다.

순간 시야가 일그러진다. 모든 것이 붉어졌고, 어두워졌고, 밝아졌다. 관자놀이가 욱신거린다.

백현은 자신을 휘감은 거대한 흐름을 보았다. 그건 천의무봉으로도 절대로 간섭할 수 없을 패도적인 흐름이었다.

아니, 저게 흐름인지도 모르겠다. 여태까지 보았던 흐름들과는 판이하게 다르다. 어비스의 혼돈도 저만큼 거세지는 않았다.

지금 백현은 절대적인 '법칙'이 자신의 몸을 휘감는 것을 보고 있었다.

그게 무엇인지는 누가 설명해 준 것도 아니었는데 자연스레 깨닫게 되었다. 활짝 열린 사고가 일어나는 현상을 스스로 해석해 답을 내놓고 있었다.

혈사자를 이길 수는 없다.

역천자를 막을 수 없다.

이 상황에서 살아남을 수 없다.

그 현실이 살령이 불러온 절대적 법칙에 휘말린다. 이 현실에서 필연적으로 도달하게 될 결과가 바뀐다.

혈사자를 이길 수 있다.

역천자를 막을 수 있다.

이 상황에서 살아남을 수 없다.

오직 그것만이 대가로서 고정된다.

백현은 킬킬 웃었다. 그래, 알겠으니까.

'어떻게?'

대답은 돌아오지 않는다.

[……가 경악합니다.]

느리게 흐르는 시간이 가속한다. 오직 백현만이 느끼고 있던 시간의 속도가 제대로 맞춰진다.

백현은 손을 앞으로 뻗었다.

파삭.

백현을 덮치던 포악한 신력이 바스러졌다.

소멸되어 흩어지는 신력을 바라보며 백현은 천천히 앞으로 걸어보았다.

이상했던 감각. 여전히 이상하지만 그리 느끼지 않고 자연스러운 것이라 납득한다.

혈사자를 이길 수 없고 역천자를 막을 수 없던 백현은, 그가 바라던 결과에 도달할 만한 힘을 가진 존재로 변했다.

살령이 일으킨 절대적 법칙이 일어날 수 없는 결과를 이끌어갈 힘을 부여했다.

"너……."

바알의 신력을 흩뜨린 백현을 보며 혈사자가 두 눈을 부릅떴다. 검무희가 칼자루를 진동시키며 비명을 질렀다. 악몽의 결정자도 너무 큰 경악에 아무런 말도 하지 못했다.

그들이 목도한 것은 당장의 현실뿐.

살령의 울림이 불러들인 현재의 결과, '왜' 이렇게 된 것인지는 백현을 제외한 누구도 이해하지 못하고 있었다.

[너…… 지금 그 모습…….]

악몽의 결정자가 더듬거리며 말했다. 여전히 노이즈가 섞인 목소리. 경악 또한 그대로 남아 있지만, 그녀는 필사적으로 '지금'의 백현을 이해하려 했다.

"알아요."

백현은 메마른 목소리로 대답했다. 관자놀이에 이질감이 있다. 마왕의 인장은 여전히 뜨겁다.

하지만 백현은 그 뜨거움을 '인장'이 타오르는 것이라 느끼고 있지 않았다. 진정 뜨거운 것은 그의 심장이었다.

[어떻게…… 인간인 네가…….]

"그 모습은…… 대체 뭐냐?"

악몽의 결정자가 혼란을 진정시키지 못하고 더듬거릴 때, 혈사자는 두 눈을 부릅뜨고 쏘아 물었다.

"넌 인간일 텐데. 어떻게…… 그런……?"

"내가 하고 싶은 일을 하기 위해서는 '이렇게' 되어야만 했나 봐."

백현은 대수롭지 않다는 듯이 중얼거렸다.

이해할 수 없는 말에 혈사자는 꿀꺽 침을 삼켰다. 어떠한 술법인가? 마법? 환영? 그럴 리가 없다.

혈사자는 동요를 가라앉히려 애쓰면서 다시 한번 백현을 보았다. 그리 멀지 않은 거리다. 잘못 볼 수는 없다. 이보다 먼 거리에 있다 해도 저렇게 잘못 보이지는 않을 것이다.

백현은 시커먼 어둠을 두르고 있었다. 마치 밤을 로브처럼 두른 것 같다. 파천신화공의 상징이라 할 수 있는 붉은 눈은 여전했지만, 아까와는 전혀 다른 진득한 불길함을 띄고 있었다.

[그럴 리 없어. 이런 일이 일어나서는 안 돼. 절대. 불가능해. 넌 인간. 마왕의 인장? 그런 능력은 없어.]

"쭉 이런 모습인 것도 아니니까."

더듬거리며 내뱉는 말에 대답해 주면서, 백현은 천천히 앞으로 걸었다. 혈사자가 얼굴을 일그러뜨렸다.

그는 또다시 바알을 휘둘렀다. 작정하고 뿜어낸 신력이 백현을 덮쳐온다.

저 힘은 백현을 죽이는 것에 과해 넘칠 힘을 내포하고 있었다. 그건 백현도 알았다.

하지만 지금은, 지금부터는. 저깟 힘으로는 절대 백현을 죽일 수 없다. 혈사자는 모르겠지만 백현은 그것을 잘 알고 있었다.

또다시 손을 뻗는다. 의념과 함께 마기가 뿜어졌다. 다루기 힘든 포악한 힘이었지만 지금은 숨 쉬는 것처럼 자연스럽다.

내공과 마기도 더 이상 충돌하지 않는다. 펼쳐진 장막이 혈사자의 신력을 가로막았다.

막는 것으로는 부족하다. 한 걸음 더 걸었다. 혈사자의 신력이 마기에 삼켜진다.

거신왕으로서 쌓아온 신력이 위조된 신화에 삼켜져 변질되었다.

퍼어엉!

결국 터져서 흩어진다.

백현은 그걸 보며 마른 웃음을 흘렸다.

[어떻게 인간이.]

[마왕으로…….]

[아냐.]

관자놀이에서부터 길게 튀어나온 뿔이 영 거북했다.

[마왕보다 더한.]

바라는 결과에 대해 살령은 답을 내려주었다.

일어날 수 없는 일이 일어났다. 마왕의 인장이 백현과 동화되어 그의 육체를 탈각한 마왕의 것으로 바꾸었다.

그와 더불어.

지금의 백현이 도달할 수 없는, 언젠가 도달하게 될 극한의 무(武)를 체현(體現)하게 만들었다.

"아낀 힘이 있으면 전부 써야 될 거야."

백현은 고함을 지르는 혈사자를 상대로 중얼거렸다.

"난 해야 할 일이 많거든."

이렇게 비틀린 현실과 맞이하게 될 결과.

백현은 살령이 자신을 죽일 것임을 덤덤히 확신했다.

"그럴 리가 없다!"

혈사자가 악쓰듯 고함을 지른다.

그에게 있어서 지금의 현실은 결코 받아들일 수 없는 것으로 변해 버렸다.

인간이 어떻게 마왕으로 변한단 말인가!

놈이 마족과 마왕에게만 허락된 마기를 사용해 맞선다는 것은 진즉부터 알고 있었다.

인간의 기와 배합한 그 힘마저도 인간이 다룰 수 있을 만한 것이 아니었다. 하지만 납득했다. 이해는 되지 않았지만 납득은 했다.

불세출이라 할 수 있을 무재(武才). 인간에게 불가능한 것이라 해도 간혹 있는 일이다. 태어난 그릇에 비해 과해 넘치는 재능을 가진 변종들. 결국에는 타고난 종마저 초월해 버리는 놈들.

그래 봤자다. 이해를 거르고 납득한 것은, 그리해서 보이는 힘이라 할지언정 결코 신격에게 도달할 수 없기에.

백현은 괴물 같이 강했지만 결국 인간이었다. 혈사자가 바알을 쥐게 할 정도로 몰아붙인 것은 대단했지만 거기까지였다. 바알을 쥔 이상, 혈사자에게 있어서 백현은 그저 뛰어난 벌레여야만 했다.

그런데 저게 대체 뭐란 말인가. 어떻게 인간이, 마왕의 육체를 갖게 된단 말인가.

놈은 마법사가 아니었다. 마기를 사용한다지만 정작 그 힘의 배후로서 마왕이나 고위 마족의 존재는 느껴지지 않았다.

아니! 설령 그런 존재와의 계약이 있다고 해도, 인간이 마왕이 되는 것은 불가능하다. 종 자체가 다르기 때문이다.

[어떻게.]

[넌 마법사가 아닌데.]

악몽의 결정자는 흑마법사다. 마족, 마왕, 마계. 그런 것들과는 많은 인연을 갖고 있다.

하지만 흑마법사로 시작해 신격이 된 악몽의 결정자도 마왕이 될 수는 없었다.

인간이 마왕이 되는 것? 전례가 없는 일은 아니다. 하나 인간에서 마왕이 된 존재는 마계의 역사에서도 유일무이했고, 그가 마왕이 될 수 있었던 이유마저도 전 차원에서 다시는 없을 일이었다.

각 차원을 다스리는 절대신격들의 합의하에 유지되던 사육장. 세상의 법칙이 어그러진 곳에서 추방된 무도(無道)의 마왕. 그만이 인간에서 마왕이 된 유일무이한 존재였다.

"지금만이에요."

백현은 여전히 덤덤한 목소리로 대답했다.

"지금이 지나면, 몸은 원래대로 돌아와요."

이 마왕의 육체는 오직 '지금'을 위해 만들어졌다. 필요했기 때문이다. 원하는 결과를 맞이하게 된다면, 이 육체는 사라지게 된다.

군이 마왕의 몸을 얻게 된 것은, 이 몸뚱이가 백현이 혈사자를 죽이는 것에 가장 근접한 것이기 때문이었다.

마왕의 인장을 갖고 있지 않았다면, 살령은 백현을 마왕이 아닌 다른 존재로 바꾸었을 것이다.

그리되면 인과율의 후폭풍은 더욱 거세진다. 다들 말도 안 되는 일이라 떠들지만, '이치'에 있어서 마왕의 몸뚱이를 취하는 것이 가장 옳은 일이었다. 그나마 이쪽이 인과율의 후폭풍을 줄이는 선택이었다.

그렇게 줄였다지만. 그 후폭풍은 결국 백현을 죽일 것이다. 어쩔 수 없다. 죽음에서 벗어날 방법은 없다.

하지만 죽음에도 무게가 있는 법이다.

'이쪽이 가장 가벼워.'

그런 생각을 했을 즈음.

쿠우웅!

세계가 뒤흔들렸다. 힘을 준 발로 땅을 내리찍은 혈사자가 붉은 폭풍을 일으키며 돌진했다.

백현은 악몽의 결정자를 뒤로하고 앞으로 나아갔다.

양손이 시커먼 어둠에 삼켜졌다. 자연스럽게 다루어지는 마기와 내공이 결합된다.

토옥.

뒤꿈치가 살짝 떠올랐다. 가볍게 땅을 걷어찬 백현은 순식간에 앞으로 가속했다.

단순히 앞으로 뛰었을 뿐인데, 그 속도는 과거 전력으로 움직였을 때 버금갔다.

이게 최속이 아니다. 백현은 지금의 자신이 낼 수 있는 최속이 과연 어느 정도인지 가늠할 수가 없었다.

'조금 더.'

백현은 그런 생각을 하며 상체를 앞으로 기울였다.

기울인 순간, 백현은 혈사자의 목전에 도달했다. 그건 이미 '달린다'라고도 말할 수 없었다.

상상 이상의 속도에 백현은 놀라지 않았다. 지금의 그에게 있어서 이런 속도는 당연했다.

경악한 것은 혈사자였다. 그는 급히 몸에 제동을 걸며 신력을 내뿜었다. 반면에 백현은 주저하지 않고 손을 뻗었다.

푸확!

혈사자의 신력이 두부처럼 으깨졌다. 순식간에 지나가는 광경이었으나 혈사자의 정신이 아득해졌다.

바알의 신력이 거세진다. 그만큼 혈사자를 휘감은 붉은빛은 진해졌다.

혈사자는 펄쩍 뒤로 뛰어올라 바알을 내리찍었다.

콰콰콰!

붉은 신력이 폭포처럼 쏟아졌다. 백현은 공중에서 몸을 뒤로 기울이며 다리를 올렸다.

신력이 두 갈래로 찢어졌다. 그리하였음에도 공세는 무뎌지지 않는다. 섬뜩한 예감에 혈사자는 몸을 비틀었다.

파각!

몸에 두른 신력의 끄트머리가 으깨졌다.

몸을 바로 세울 틈도 없이 백현은 그대로 위로 솟구쳐 올랐다. 이치에 맞지 않는 움직임이었다.

그게 무슨 상관인가?

백현은 위로 치솟는 와중에 몸을 바로 세우고 손바닥을 펼쳤다.

꽈아앙!

뿜어진 파천강기가 혈사자에게 쇄도했다.

혈사자는 뿌득 이를 갈았다.

이해를 포기했다. 그는 지금의 백현을 이치를 갖다 댈 수 없는 존재라는 것을 억지로 납득했다.

그 뒤에는 거대한 분노와 살의가 피어올랐다. 그 두 감정은 굴욕감을 집어삼키고 혈사자의 피를 끓게 만들었다.

그가 계획했던 모든 것이 망쳐지고 있었다.

원래대로라면 지금쯤 문을 열고 밖으로 나갔어야 했다. 긴 세월 동안 신력을 축적해 온 바알을 사용하는 순간은 마룡왕과 싸울 때이지 지금 따위가 아니었다.

고작, 인간일 뿐인데. 저 인간이 혈사자의 모든 것을 무너뜨리려 하고 있었다. 하지만 저 힘은 거짓 없는 진짜였다.

대체 어떻게 손에 넣은 것인지는 알 수 없었으나, 지금의 백현은 혈사자의 '모든 것'을 사용하게 강요하고 있었다.

다음을 생각할 때가 아니다. 지금은 이 상황을 타개하는 것이 최우선이다.

저 인간을 죽이지 않고서는 마룡왕은커녕 문을 열고 밖으로 나가는 것마저도 할 수 없게 된다. 아니, 거기서 끝나지 않는다.

"네깟 놈이!"

혈사자는 버럭 외쳤다.

쩌적!

시뻘건 빛으로 타오르던 바알의 검신에 커다란 균열이 생겨났다. 이윽고 거미줄처럼 퍼져 나간 균열이 들썩거리며 벌어졌다.

검신이 산산이 박살 나 흩어졌다. 칼날의 파편은 비산하기도 전에 붉은빛에 삼켜졌다.

바알에 담겨 있던 신력이 완전히 해방되었다. 더 이상 바알은 대검이 아니었다. 거대한 신력의 덩어리가 되었다.

그 광채가 백현의 시야를 뒤덮는다.

하지만 백현은 눈을 감지 않았다. 저 빛은 그에게 있어서 빨갛기만 했고, 조금도 눈이 부시지 않았다.

포옹!

펼쳐 뻗은 손바닥 한복판에 검은빛의 방울이 생성되었다.

비눗방울마냥 날아간 빛이 펑 하고 터졌다.

꽈르릉!

천둥소리와 함께 신력이 찢겨 나갔다.

그 너머에서 혈사자는 신력을 새로이 무장했다. 바알에서 해방된 신력은 그의 몸을 통째로 뒤엎어 붉은 갑옷이 되었다.

혈사자가 두 주먹을 위로 치켜들었다. 하늘이 일렁거렸다. 잔상처럼 나타난 한 쌍의 주먹이 하늘을 통째로 뒤덮는다.

주먹이 아래로 떨어졌다. 하늘을 뒤덮고 있던 주먹이 함께 추락했다.

백현은 허리를 비틀어 돌리며 팔을 휘둘렀다. 공간이 부욱 찢겼다.

검은 광채가 허공에 시커먼 손톱자국을 남기며 추락하는 주먹을 쳐냈다. 주먹은, 그 거대한 위용에 어울리지 않게 너무나 쉽고 허무하게 옆으로 치워졌다.

주먹과 관련 없이, 거대한 압력이 백현을 찍어 누르려 했다. 두 눈을 부릅뜬 혈사자가 양손을 펼쳐 백현을 압박하고 있었다.

전신을 으스러뜨릴 것만 같은 압력 속에서도 백현은 고통을 느끼지 않았다.

당장 벗어날 수 없을 듯하였으나 전혀 그렇지 않았다. 그저 어깨를 한번 으쓱거린 것만으로 신력이 밀려난다.

'이럴 수가……!'

아무리 마왕이 되었다지만 이래서는 안 된다. 대마왕인 흑장미여왕이라도 이럴 수는 없을 텐데.

혈사자는 보다 더 신력을 쏟아부었지만, 백현은 이 무의미한 힘겨루기를 더 즐길 생각이 없었다.

처음부터 그곳에 존재하지 않았던 것처럼. 백현의 모습이 사라졌다. 이곳의 그 누구도 백현의 이동을 감지하지 못했다.

'어디로 갔……'

급히 시선을 움직여 백현의 행방을 쫓으려던 혈사자의 생각이 그대로 멈춰 버렸다.

그는 '의식'이 절단 나는 것이 어떤 느낌인지 참 오랜만에 알게 되었다.

"꺼어……."

혈사자의 입이 쩍 벌어졌다.

어느새 혈사자의 품 안으로 파고들었던 백현은, 그의 명치에 꽂아 넣은 주먹을 천천히 뽑아냈다.

바알에서 해방된 신력의 갑옷은 백현의 주먹 앞에서 두부만큼 물렀다.

"그럴 수밖에."

백현은 무덤덤한 목소리로 중얼거렸다.

마왕의 몸뚱이만 얻은 것이 아니다. 언젠가 백현이 도달하게 될 극한의 무가 살령에 의해 체현되었다. 그리하여 백현의 주먹은 모든 것을 부순다.

혈사자가 수백 년 동안 쌓아온 신력과 혈사자라는 신명에 쌓인 신화와 격. 전부 무의미하다. 그의 의념은 신화의 근원을 하찮게 여겼고 내지르는 주먹의 결과를 확신하고 있다.

비틀거리며 물러선 혈사자가 벌리고 있던 입을 억지로 다문다. 미처 내뱉지 못한 신음과 핏물을 삼킨다.

"사도보단 낫다."

백현은 신력을 더욱 부풀리며 갑옷을 견고히 하는 혈사자를 보며 말해주었다.

꼬리 만 개처럼 굴다가 몇 대 처맞고 멘탈이 아작 났던 놈과는 다르게. 혈사자는 아직까지 포기하지 않았다.

인정할 수 없는 것이다. 그는 거신왕이고 혈사자였다. 결코 이런 곳에서. 이딴, 초라한 세계에서 무릎을 꿇을 존재가 아니었다.

하지만 혈사자가 어떤 존재이든 간에 지금은 아무런 의미가 없다.

그가 부풀려 견고히 한 신력의 갑옷. 솔직히 대단하기는 했다. 지금의 심안으로 저 신력의 틈을 볼 수는 있었으나, 수백 년 축적한 신력은 너무나 강대해 틈이 거의 없다시피 했다.

백현은 마룡왕의 전력을 겪어본 적이 없었으나, 바알을 해방시킨 혈사자라면 마룡왕과 싸워 크게 밀리지는 않을 것 같았다.

다시 신력이 폭사했다. 혈사자의 몸은 어느새 조금 더 커져 있었다. 거대한 주먹이 풍차처럼 휘둘러져 온다.

백현은 왼손을 들어 가볍게 앞으로 밀어냈다. 그것만으로 공격의 맥이 끊긴다. 주먹은 멈추었고 신력은 파천강기에 붙잡혔다.

그 '틈'을 백현이 순식간에 파고들어 왔다. 그는 굽힌 팔꿈치를 혈사자의 가슴에 내리찍었다. 신력이 으깨지고 흩어졌다.

끝까지 내리누른 팔꿈치는 결국 혈사자의 가슴 한복판을 찍어냈다. 혈사자의 입이 참지 못하고 벌어졌다.

허둥거리듯 휘저은 팔이 여전히 거대한 신력을 뿜는다. 줄곧 백현의 몸을 두르고 있던 어둠이 활짝 펼쳐졌다.

그 흉악하고 불길한 힘이 덮쳐오는 신력을 찢어버렸다. 가슴을 찍은 타격에 의해 아래로 내려가던 혈사자의 몸뚱이가 흩어지던 신력에 다시금 삼켜졌다.

백현은 손을 뻗어 다시 한번 혈사자를 붙잡으려 했다.

잡아내기도 전이었다. 신력 속에서 혈사자의 존재가 크게 부풀었다. 빛에서 떨어진 두 발이 땅을 모조리 박살 냈다.

그리 위협이라 여겨지지는 않았지만, 백현은 조금 뒤로 물러섰다.

"그래."

처음 보았을 때도 어마어마한 크기의 거인이었으나, 바알에서 해방시킨 신력을 모조리 담아낸 지금의 혈사자는 처음의 크기를 하찮게 여길 정도로 거대했다.

백현은 왜 그가 혈사자라 불리는지 알 수 있었다. 지금의 혈사자는 붉은빛을 몸으로 삼은 거인이 되었다.

그 덩치에 어울리지 않게 움직임이 빠르다. 어느새 펼친 손바닥이 백현을 감싸 쥐고 있었다.

쥐어져 닫히기 직전, 백현은 양팔을 들어 올렸다. 소리 없이 혈사자의 손이 터져 버렸다.

거기서 끝이 아니었다. '손바닥'이 백현의 지척까지 다가왔다.

백현은 상체를 옆으로 기울이며 오른발을 들었다. 내지른 발길질은 손바닥에 닿기도 전에 그를 분쇄해 버렸다.

"그럴……."

악에 받쳐 내뱉는 말. 여전한 부정 속에서 혈사자는 끔찍한 미래를 직감했다.

여태까지 단 한 번도 상상해 본 적 없는 미래였다. 어쩔 수 없는 미래일지라도 이런 형태여서는 안 되었다. 고작 저런 상대에게 끝을 맞이해서는 더더욱 아니 되었다.

"그럴 리가……."

이 세계.

아무것도 없다.

날뛰는 신력은 이미 세상을 완전히 파괴해 버렸다. 지면 없는 세계에 신력과 혼돈이 득실거린다.

이런 곳에서 죽고 싶지 않았다.

백현은 이 싸움의 끝이 다가왔음을 느꼈다. 조금 더 해보고 싶었는데. 그게 못내 아쉬웠다.

오직 지금만 쓸 수 있는 힘. 스스로도 끝을 알 수 없는 지금의 힘을, 조금 더 느껴보고 싶었다.

'어쩔 수 없지.'

이나마 느낀 것을 다행으로 여길까. 그래, 아직 끝난 것은 아니니까.

백현은 혹시 모를 '다음'을 생각하면서 피식 웃었다.

천천히 발을 뻗었다.

'지금의 나는 신화경인가?'

문득 든 생각.

모르겠다. 극한의 무가 체현되었다지만, 그건 어디까지나 살령으로 체현할 수 있는 한계일 것이다.

백현은 '고작' 이 정도가 진정한 극한이라고 생각하지 않았다. 또, 설령 지금의 백현이 신화경이라 할지라도 무슨 의미가 있단 말인가? 결국 살령으로 만들어낸 것인데.

그러니, 만약 다음이 있다면.

이것보다 더.

'지금'의 나보다 더.

혈사자의 팔이 뜯겨 날아갔다. 오늘 거신왕은 죽는다.

백현은 혈사자를 죽이기 시작했다.

8장
신화를 쌓아가겠지

터무니없는 싸움이었다.

날아간 팔이 재생을 마쳤을 때, 이미 백현은 보다 가까이에 있었다. 방어를 위해 든 팔은 백현의 주먹에 분쇄되었고 혈사자는 다급히 뒤로 물러섰다.

하지만 거리는 벌어지지 않는다. 오히려 좁혀졌다.

새로 만들어진 팔이 또다시 부서졌다. 날뛰는 신력이 육체를 대신해 백현을 밀어내려 하지만, 그 역시 혈사자의 바람을 이루어주지는 않았다. 위로 들었던 백현의 손이 아래로 떨어졌다.

혈사자의 무릎이 굽혀졌다. 머리 위에서 찍어누르는 힘이 혈사자의 거구를 주저앉혔다.

힘주어 버티는 것은 불가능했다. 저항하려 한 순간 다리가 통째로 뭉개졌다.

백현은 손아귀에 얽혀오는 흐름을 통째로 잡아당겼다. 혈사자의 몸이 확 쏠리며 백현을 향해 다가왔다. 그 거구를 향해 일장을 내질렀다.

꽈아앙!

혈사자의 몸이 뒤흔들렸다. 그를 뒤덮고 있던 모든 신력이 백현이 쏘아낸 장력에 뒤로 밀려났다. 육체만 덩그러니 남은 혈사자가 눈을 덜덜 떨었다.

백현은 그 시선을 보면서 반대편 손으로 주먹을 쥐었다. 그리 내지른 일권이 혈사자를 뒤로 넘어가게 만들었다.

거구가 쓰러졌다. 소리는 들리지 않았다. 혈사자의 몸을 받쳐줄 땅은 더 이상 존재하지 않았다.

백현은 쓰러진 혈사자의 몸 위로 천천히 떨어져 내렸다. 그의 몸을 휘감고 있던 검은빛이, 백현의 몸보다 빠르게 혈사자에게 추락했다.

또다시 일으킨 신력이 저항하려 든다. 다가오는 죽음을 부정하기 위해서였다.

하지만 혈사자가 일으키는 신력은 백현의 공격을 제대로 막아낼 수 없었다.

혈사자는 자신의 평생이라 할 수 있는 신력이 무참히 찢기는 것을 두 눈으로 보았다.

결코 인정하고 받아들이고 싶지 않은 광경이었다. 하지만 틀림없는 현실이다.

신력의 저항을 손쉽게 무너뜨린 백현은 꽉 쥔 주먹을 아래로 내리찍었다.

"쿠억!"

배를 찍어 누르는 타격에 혈사자의 몸이 더욱 아래로 추락했다.

백현은 놓치지 않고 가속했다. 손아귀에 모이는 힘이 빠직거리는 전류를 튀겼다. 빠르게 내지르는 손이 허공을 격타했다.

혈사자의 몸은 더 이상 추락하지 않았다. 그의 몸은 허공에 그대로 정지해 버렸다.

팔다리는 없었다. 방금의 일격은 공간의 흐름을 모조리 으깨어 나가 혈사자를 파괴했다.

팔다리를 잃고 몸뚱이만 덩그러니 남은 혈사자는 여전히 떨리는 눈으로 백현을 쳐다보았다.

그는 더 이상 고통도 느끼지 않았다. 인정할 수 없는 미래가 현실이 되어가고, 이제는…… 받아들여야 했다. 혈사자는 자신이 곧 죽게 될 것을 알았다.

"대단하구나."

증오의 말 대신에, 혈사자는 백현에게 찬사를 보냈다.

“네가 어떻게 이런 힘을 가져 펼치는 것인지는 모르겠으나. 그 어떤 신격도. 이런 식으로 나를 희롱할 수는 없으리라.”

“…….”

“넌 내가 마주했던 적 중 제일 강하다. 그 마룡왕이라 할지라도 ‘지금’의 네 상대는 되지 않으리라.”

백현은 대답하지 않았다. 그는 혈사자의 의문을 해소시켜주어 그가 납득할 만한 죽음을 내려줄 생각은 없었다.

혈사자는 대답하지 않는 백현을 보며 끌끌 웃었다.

“넌 날 죽이기 충분한 존재가 되었구나.”

백현이 뻗은 일장에서 전율적인 힘이 뿜어졌다. 그 힘은 혈사자의 몸을 완전히 파괴했다. 신력이 모조리 흩어진다.

백현은 뻗은 손을 천천히 쥐었다.

눈으로 보기에 혈사자는 죽었지만, 백현의 감각과 심안은 아직 혈사자가 죽지 않고 살았음을 느끼고 있었다.

실제로 혈사자는 아직 소멸하지 않았다. 거구의 몸뚱이가 완전히 터져 사라졌고 신력이 흩어지고 있었으나, 긴 세월 군림해온 신격은 고작 육체가 파괴되었다고 해서 소멸하지는 않는다.

애당초 초월자와 신격은 불멸의 존재다. 하위 격의 존재는 결코 그들에게 진정한 죽음을 가져다줄 수 없다.

지금은 상관없는 일이었다. 마왕의 인장을 손에 넣었을 때부터 백현의 격은 그들과 동등해졌고, 지금에 이르러서는 그들보다 훨씬 우월했다.

'이렇게까지 할 줄은 몰랐는데.'

백현은 혈사자의 존재가 움직이는 것을 느끼며 생각했다.

도망치는 것일까 싶었는데, 그건 아니었다. 그런 면에서도 혈사자가 카르파고보다 낫다. 자신의 성역에서 카르파고를 질책하며 백현에게 전해주었던 말들은 나름의 진심이었던 모양이다.

하지만 스스로를 왕이라 일컬은 자가 하는 행동치고는 음험했다.

그것은 혈사자도 인지하고 있었다. 하나 그게 무슨 상관이란 말인가? 결국, 군림은 승리한 자의 것이다. 어찌 이기느냐보다는 이겼다는 결과가 중요한 것이다.

백현은 천천히 등을 돌렸다. 마치 아무것도 모른다는 것처럼.

혈사자는 조급해하지 않았다. 자신이 평생 쌓아온 신력들을 일부러 통제하지 않았다. 정말로 소멸했다는 것처럼 통제 풀린 신력들이 흩어져 무(無)로 돌아간다.

평생 쌓아온 신력이 그렇게 허무하게 사라져 가는데도, 혈사자는 조급해하지 않았다.

그리고 어느 순간.

혈사자에게 있어서는 바로 지금이었다. 조급하지 않았고, 그렇다고 낙관적이지도 않았다.

바로 지금이 확실한 기회였다. 백현의 몸을 휘감고 있던 저 끔찍한 힘들이 꺼져 사라졌을 때. 그리고 그가 천천히 아래로 내려갔을 때.

텅빈 곳에서 손이 나타났다. 뻗어가는 손을 시작으로 팔과 어깨와 몸, 그렇게 혈사자의 몸이 새로이 나타났다.

백현의 등을 향해 뻗는 손은 확실하게 심장을 노리고 있었다. 혈사자는 아까 느꼈던 끔찍한 예감을 더 이상 느끼지 않았다.

그는 죽지 않고 살아남았다. 저 괴물 같은 존재는 혈사자를 죽이지 못했다.

결코 마룡왕을 도모할 수 없는 신력만 남게 되었지만, 그렇다 할지언정 이 승리는 혈사자의 신화에 가장 큰 영광이 될 것이 분명했다.

[위험…….]

검무희가 다급한 목소리로 경고를 전했다. 그럴 필요도 없는 일이었으나, 검무희는 그 사실을 알지 못했다.

백현은 표정 없이 고개를 돌렸다. 코앞까지 다가온 혈사자의 손이 보였다. 쥐어 잡아 뜯으려는, 살의를 행동으로 바꾸어 가는 중에. 힘을 주어 굽힌 손가락 사이로 혈사자와 눈이 마주쳤다.

찰나라 할 순간이었다. 미처 목소리가 되지는 않았지만, 혈사자의 눈은 백현에게 많은 것을 묻고 있었다.

'어떻게?'

번들거리는 살의 한가운데에서 의문이 번져 나간다. 그만큼 혈사자는 지금의 기습에 확신을 가지고 있었다.

백현은 친절히 혈사자의 의문을 해소해 주지 않았다.

혈사자가 백현을 붙잡기 전에 백현의 손이 먼저 뻗어졌다. 다급히 회수하려는 것보다 백현이 다가가는 것이 더 빨랐다.

거기서 혈사자는 마음을 바꿔먹었다. 잔존한 힘을 뻗은 손에 모조리 쏟아부었다. 잡으려던 손이 주먹이 된다. 백현이 뻗은 손 역시 주먹이었다.

백현은 피식 웃었다. 순간 물러서려 했다가, 결국 덤벼오는 것이 즐겁다.

'그래야지.'

백현은 지금 목숨을 담보로 내놓고서 싸우고 있다. 뒤틀린 인과율 덕에 이 싸움의 결과는 백현이 바라는 바로 되겠지만, 혈사자는 살령을 쓰지 않고서는 절대로 이길 수 없는 난적이었다.

이미 써버린 살령이라도 혈사자가 저 힘에 어울리지 않는 추잡한 모습을 보였다면 실망했을 것이다. 목숨을 걸고, 이길 수 없고, 이리 해야만 이길 수 있는 상대.

백현은 혈사자가 물러서지 않는 것을 다행이라고 느꼈다. 그리고 주먹은 앞으로 전진한다. 물러서지 않은 혈사자의 주먹이 백현의 주먹과 서로 맞부딪친다.

우지직하는 소리. 백현과 혈사자, 둘 모두가 그런 소리를 들었다.

혈사자의 주먹을 부수며 나아가는 소리. 자신의 주먹이 으깨어 부서져 가는 소리. 모조리 쏟아부은 신력은 허무할 정도로 쉽게 흩어진다.

혈사자는 포기 없이 상체를 비틀었다. 팔 따위는 얼마든지 줄 수 있었다. 설령 날아가 버린 팔이 다시는 돌아오지 않는다고 해도, 팔 하나로 저 괴물을 죽여 승리할 수 있다면!

공중에서 팽그르 회전한 혈사자가 팔꿈치를 휘둘렀다. 백현은 상체를 앞으로 기울여 몸 전체를 낮추었다.

아슬하게 스친 팔꿈치가 백현의 머리 위를 스쳤다. 그렇게 품 안으로 파고들어.

혈사자의 몸이 옆으로 휘청거렸다. 옆구리에 꽂아 넣은 무릎이 신력을 흩뜨리고 늑골을 부수었다. 컥 하고 올라오는 핏물과 호흡을 함께 삼켰다. 흩어져 가는 신력을 최대한 붙잡았다.

높이 든 왼팔을 백현의 머리 위로 내리찍는다. 하나 그 공격은, 노린 타격점에 닿기도 전에 백현의 손에 가로막혔다.

떨어지는 팔꿈치를 손바닥으로 받아내며 백현은 다리를 높이 들었다.

터억.

길게 뻗은 발등은 '낫'처럼 혈사자의 목에 걸렸다.

서로의 몸이 공중에서 회전했다. 어느새 둘의 높이가 바뀌었다.

백현은 아직 혈사자의 목에 걸린 발등과 무릎을 당겼다. 몸을 바짝 굽히며 내리찍은 팔꿈치가 혈사자의 안면에 처박혔다. 비명 없이 핏물이 튀었다. 박살 난 이빨이 흩어져 사라진다.

아직까지 포기하지 않은 혈사자가 양팔을 활짝 펼친다. 그는 그대로 백현의 등을 끌어안았다.

그렇게 되지 않을 수 있었으나, 백현은 피하지 않았다.

이 싸움은 부조리하고 불합리하다. 아무리 목숨을 내놓았다지만 살령을 통해 얻은 힘이 떳떳하지는 않았다. 그래서 피하지 않는다.

둘 다 죽는다. 백현은 혈사자를 죽일 것이고 백현은 혈사자가 아닌 살령에게 죽는다.

결과는 그대로, 단지 '어떤' 기분으로 최후를 맞이할지.

나름의 예우라고 생각했다. 등을 안은 팔이 거세게 당겨진다. 백현은 저항하지 않고 끌려갔다.

박살 나버린 이를 대신해 잇몸을 꽉 문 혈사자가 머리를 젖혔다.

콰앙!

혈사자의 이마가 백현의 안면을 들이받았다. 그와 동시에 곧추세운 양손 엄지손가락이 혈사자의 팔 아래를 파고들었다.

빠각!

겨드랑이를 깊숙이 찌른 엄지손가락은 살을 꿰뚫고 어깨 관절을 관통했다.

이윽고 터진 폭발이 혈사자의 팔을 통째로 날려 버렸다. 여전히 혈사자는 비명을 내지르지 않았다.

추락하는 몸은 더 이상 재생력을 발휘하지 못했다. 양어깨에서 뿜어지는 붉은빛은 피가 아닌 신력이었고, 혈사자와 거신왕이라는 신명이 쌓아온 신화였다.

백현은 흩어지는 신력을 지나쳤다. 그러고는 무덤덤한 눈으로 혈사자를 응시했다.

혈사자의 입매가 비틀려 올라갔다. 그는 그렇게 웃었다. 그러면서 다리를 위로 휘둘렀다.

그리 쏟아내 소멸시켰으면서도 아직까지 남은 신력이 백현을 덮쳐왔다.

백현은 다가오는 신력을 향해 손을 뻗었다. 그의 손에서 검은빛이 회오리쳤다.

붉은빛 너머에서 혈사자는 여전히 웃고 있었다. 저 웃음과 눈은 포기한 자의 것이 아니었고, 이 부조리와 불합리함을 비관하는 것도 아니었다. 오직 백현에 대한 비웃음만이 가득했다.

그렇게 백현은 자신이 챙긴 나름의 예우가, 결국은 추한 자기 합리화이자 어쩔 수 없다는 식의 위안이 될 뿐이고, 저 대신격에 대한 모욕일 될 뿐이라는 것을 깨달았다.

“어쩔 수 없잖아.”

백현은 쓰게 웃으며 중얼거렸다.

손바닥을 휘감은 빛이 뻗어져 나간다. 그의 몸을 휘감고 있던 밤이, 팔을 통로 삼아 아래로 흘러내려 간다. 그건 이 세상 전체의 색을 바꾸었다.

이 세상의 어둠 전부가 백현의 손에 모였고 이제는 저 아래로 흘러내려 간다. 백현은 떠나보내는 어둠을 배웅하듯 손을 쥐었다.

“파천.”

지금 백현이 펼칠 수 있는 최강의 공격이 펼쳐졌다. 흐르던 어둠이 격류가 되었고 세상이 격류에 휩쓸렸다.

혈사자의 신력은 회오리치는 흐름에 저항하지 못하고 휩쓸려 가 그 일부가 되었다.

공백으로 변한 세상의 중앙에는 백현이 일으킨 격류만이 휘몰아쳤다. 혈사자는 그 안에 있었다.

얼마 남지 않은 신력을 발악처럼 쏟아내고 나서, 혈사자는 돌연 웃음을 터뜨렸다.

머리가 하늘에 닿을 정도로 커다랬던 거구는 어느새 백현과 비슷할 정도로 작아져 있었다.

하지만 그 작아진 몸으로도 혈사자는 하늘을 뒤흔들 만큼 큰 소리로 웃었다.

어둠이 무너져 내린다. 혈사자를 휘감은 세상이 붕괴한다.

혈사자는 고개를 치켜들어 위를 보았다. 쏟아져 내리는 하늘은 너무나도 검어서, 도저히 그 너머가 보이지 않았다.

그는 웃음소리를 멈추지 않으며 신력을 뿜어냈다. 그것은 혈사자가 끌어쓸 수 있는 마지막 신력이었으나, 그 순간에도 혈사자는 이것이 진정 마지막이란 생각은 하지 않았다.

어둠이 사라진다. 백현이 일으킨 파괴였고, 그는 이 순간에 자신의 모든 힘을 완벽히 조율하고 있었다.

백현은 손에 모인 힘을 갈무리했다.

천천히 아래로 내려온 백현은 공중에 떠다니는 혈사자를 보았다.

얼굴 반쪽. 그것만이 간신히 남았다. 절대로 살아 있을 수 없는 모습이었으나, 혈사자는 아직 살아 있었다.

하지만 그의 목숨은 꺼지기 직전의 촛불과 같았고, 지금 이 순간에도 빠르게 타들어 가고 있었다.

"감히 날 능멸하려 했느냐."

둥둥 떠다니던 얼굴, 반도 남지 않은 입술이 열렸다.

"그 동정에 내가 만족하리라 여겼느냐."

"나를 위한 것이었지."

"어째서?"

“자랑할 만한 승부는 아니었으니까.”

백현의 대답에 혈사자는 껄껄 웃었다. 파스락거리는 소리와 함께 혈사자의 얼굴에 균열이 갔다.

균열은 점차 벌어졌지만 혈사자는 신경 쓰지 않았다.

“그렇겠지.”

소멸을 앞에 두었을 텐데, 혈사자의 목소리는 그에 대한 원한은 느껴지지 않았다. 오히려 그는 시원스레 웃으며 말을 이었다.

“네 힘. 이치에 맞지 않는 힘이었다. 절대로 그리될 수는 없었던 현상이었고. 절대로 이런 결말이 내려져서는 아니 될 상황이었다. 하지만 분명히 찬탄할 만한 힘이었노라.”

백현은 대답하지 않았다. 그는 자신의 몸을 힐긋 내려다보았다. 몸은 상처 하나 없이 멀쩡했으나, 백현은 자신의 몸속 어딘가가 비어가고 있을 것을 느꼈다.

“전투 중에 네가 강해졌다고는 생각하지 않노라. 그건, 도저히 그렇게는 납득할 수 없는 힘이었으니. 네가 어찌 그런 힘을 발휘하였는지는 알 수 없으나, 이것 하나는 분명하구나.”

혈사자의 웃음이 진해졌다.

“너는 날 이길 수 없었노라. 이 싸움에서 결코 승자가 될 수 없었노라. 그래서…… 무언가를 바쳐, 그 힘을 손에 넣은 것이겠지. 그렇지 않으냐.”

"맞아."

백현은 거짓 없이 고개를 끄덕거렸다. 그 대답에 혈사자가 껄껄 웃었다.

"그렇다면 너는 얼마 지나지 않아 죽겠구나."

"응."

"그럼 되었다. 나는 이리 죽지만, 너 역시 죽음을 피할 수는 없을 터이니. 왕의 무덤으로 삼기에는 보잘것없어 초라한 곳이나……. 크크! 세상에 다시없을 너란 괴물과 함께 죽는 것이다. 이만한 묫자리가 또 어디 있겠느냐."

"내가 안 죽을 수도 있잖아."

웃는 혈사자를 보며 백현은 툭 하고 물었다. 아까만 해도 후일에 대한 야심을 숨기지 않고 드러냈던 주제에, 지금의 혈사자는 그것에 대한 아무런 미련도 없어 보였다.

"그리된다 해도 상관없노라."

혈사자는 조금의 침묵도 갖지 않았다. 오히려 그의 목소리는 더한 즐거움이 실려 있었다.

"만약에, 네가 죽지 않고 살아남는다 해도. 나는, 영원히, 네가 떳떳이 쓰러뜨리지 못한 적수로 남을 터이니."

"그거로 충분하다고? 어떻게?"

"살아남은 넌 신화를 쌓아가겠지."

혈사자의 눈이 가늘어졌다.

"네가 쌓아갈 신화에서, 이 거신왕 혈사자의 죽음은 결코 추하게 남지 않을 것이다. 그 신화의 끝에 네가 어떤 존재가 될지는 모르겠으나, 넌…… 어비스의 그 어떤 신격보다 대단한 존재가 되어, 마땅한 신화를 쌓아갈 것이다."

혈사자의 눈이 재가 되어 사라졌다. 아직까지 남은 입만이 즐거운 목소리로 떠들었다.

"네 신화에서, 나의 죽음은 영원히 남는다. 네가 정당히 뛰어넘지 못했던 신격이자, 어쩌면 네게 한 번의 죽음을 주었던 존재로! 하하! 혼돈의 근원을 취하지 못하고 이리 사라진다지만, 이 거신왕의 신화는 네가 쌓아갈 신화에서 결코 다시 만나 넘을 수 없었던 대적으로 남는 것이다. 이런 즐거운 소멸이 또 어디에 있겠느냐?"

혼돈의 근원을 취하지 못한 것이 아쉽지 않은 것은 아니다. 문을 목전에 두고 있었다. 백현만 쓰러뜨렸더라면 저 문을 열고 밖으로 나갈 수 있었다.

그다음에는? 만약에라도 혼돈의 근원을 취하는 것에 성공했다면. 그다음에는?

혈사자의 비원은 하나뿐이었다. 영원한 군림이다. 정복하지 못한 세상을 계속해서 정복해 가며, 거신왕의 신화를 드넓게 하는 것이 그의 비원이었다.

더 이상 그를 비원으로 삼을 수는 없게 되었다. 하지만 저 괴물 같은 인간이, 언젠가 신격이 되어 신화를 쌓는다면. 혈사자의 이름은 쭉 저 신화에 남는다.

그렇다면 즐겁게 죽을 수 있다. 이런 소멸은 생각도 해본 적이 없었으나, 이 소멸은 분명한 의미를 갖는다. 그러니 받아들일 수 있다.

또한. 혈사자가 카르파고에게 쏟아냈던 경멸은 진심이었고, 백현에게 보냈던 찬사 또한 진심이었다. 물러서지 않았던 것도.

불가능하다는 것을 알면서도 전의를 불살랐던 것은, 겁쟁이가 되고 싶지 않아서였다.

결국, 이리되었으니 현명한 선택이라 할 수는 없을 터이나, 겁쟁이가 되느니 당당히 소멸을 받아들이는 것이 혈사자가 정한 결말이었다.

"넌 대단한 적이었노라."

혈사자의 입이 사라져간다.

"네가 하찮은 존재가 아니었기에. '언젠가' 위대해질 것을 알기에, 난 소멸을 즐겁게 받아들일 수 있노라."

백현은 뭐라 대답할 수가 없었다. 소멸을 받아들이는 혈사자의 말은 인간인 백현은 도저히 이해할 수 없는 것이었다.

"만약, 네가 죽음을 피하지 못한다면."

흩어져 가는 입술이 마지막으로 열렸다.

"이 혈사자가, 널 죽인 것이다. 마룡왕보다 어쩌면, 심연의 왕좌보다 대단했던 널."

그 말은 끝까지 이어지지 않았다.

혈사자의 존재가 사라진다. 무한전을 다스리던 거신왕은 그렇게 소멸해 버렸다.

백현은 우두커니 서서 먼지처럼 흩어지는 신격을 잠시 쳐다보았다.

어쩌면 혈사자는 자신의 죽음을 스스로 만족할 수 있게 포장한 것에 지나지 않을지도 모른다. 그가 보였던 만족은 단순한 자기 합리화였을 지도 모른다. 그렇다고 해도. 백현은 입맛이 씁쓸한 것을 느꼈다.

혈사자의 말대로였다. 만약 죽지 않는다면, 백현은 오랫동안 오늘의 싸움을 기억할 것이다. 도저히 이길 수 없어 인과율을 비틀어야만 했던 적. 여태까지 이런 '적'은 한 번도 없었다.

"……이거, 설욕전도 못 하잖아."

백현은 투덜거리면서 고개를 돌렸다.

9장
반동

백현과 혈사자의 싸움은 과거 어비스에서도 전례가 없을 정도로 과격했고, 그만한 파괴를 일으켰다.

'이런' 세상이었기에 망정이지, 만약 이곳이 바깥이었다면 결코 돌이킬 수 없는 파괴의 흔적들이 남았을 것이 분명했다.

어비스라 해도 인과율이 미쳐 날뛰어, 5년 전과 같은 혼돈의 폭주가 일어나도 이상하지 않을 것이다.

그런 파괴가 이어졌음에도 악몽의 결정자는 멀쩡했다.

팔 하나가 터져 있기는 했지만, 그마저도 아까 전 역천자의 저주 받아치기에 당한 것이지 방금 전의 싸움에서 입은 손상은 아니었다.

백현 덕분이었다. 싸우는 내내 악몽의 결정자는 백현의 힘에 보호받았다.

혈사자의 소멸을 지켜본 뒤, 악몽의 결정자는 인형의 주변을 휘감은 어둠을 빠져나왔다.

[혈사자가 죽었어.]

“네.”

백현은 무덤덤한 표정으로 고개를 끄덕거렸다.

속임수 따위가 아니다. 혈사자는 정말로 소멸되었고, 백현은 그를 분명히 확인했다.

‘혹시나 싶었는데.’

백현은 쯧 혀를 찼다.

무령 때 그랬던 것처럼, 어비스의 군주를 살해한다면 신격을 손에 넣을 수 있다.

백현의 노림수 중 하나는 혈사자를 죽여 얻게 된 신격으로 살령이 불러올 인과율의 후폭풍을 감당하는 것이었다.

아쉽게도 그런 꼼수는 통하지 않았다. 백현에게 흘러들어오던 신격은, 그를 휘감고 있는 법칙에 튕겨 나가 버렸다.

‘이걸 좋아해야 할지 말아야 할지.’

대뜸 혈사자의 신격을 계승해 버렸다가 나중에 무한전을 다스려야 했을지도 모르는 일. 물론 그런 나중이 찾아왔을 때의 이야기겠지만.

백현은 자신의 손을 내려 보았다.

그곳에 손은 분명히 존재하고 있었으나, 아까 혈사자의 소멸을 지켜봤을 때와 크게 다르지 않은 공허함이 느껴졌다.

그 공허함이 왜 때문인지는 어렴풋이 알 수 있었다. 백현이 살령을 울리면서 하고자 했던 것은 혈사자를 죽이고 역천자를 막는 것이다.

그중 첫 번째를 이루었으니, 그만큼 인과율의 후폭풍이 가까이 온 것이리라.

[……이걸 뭐라고 해야 할지.]

악몽의 결정자의 목소리에는 여전히 지직거리는 노이즈가 섞여 있다. 길게 이은 탄식에도 노이즈는 있었다.

[어떻게 감당하려고 그래?]

"일단 받아내 봐야 알죠."

백현은 씁쓸히 웃으면서 대답했다.

악몽의 결정자는 살령의 존재를 알고 있다. 그 저주받은 방울을 실제로 사용하는 것은 이번에 처음 보았을지라도, 일어날 수 없는 미래를 일어나게끔 개변한 것. 그 뒤에 불어닥칠 인과율의 후폭풍은 신격이라도 감당할 만한 것이 아니다.

"그리고 아직 안 끝났어요."

심안으로서 이 세상을 관측하고 있다. 백현은 특히나 흐름이 포악한 곳을 직시했다. 그곳에 역천자의 모습은 보이지 않았으나, 바로 그곳에서 '문'이 만들어지고 있음은 알 수 있었다.

아직 문은 완성되지 않았다.

백현은 악몽의 결정자와 함께 천천히 그곳으로 날아갔다. 뒤엉킨 흐름은 백현을 방해하지 못했고, 방해하려 들지도 않았다. 고작 이런 것으로 백현을 막을 수 없다는 것을 알고 있는 모양이었다.

[대단하군.]

흐름의 중심에 도달했을 때. 세상이 울리며 목소리가 들려왔다.

[혈사자를 소멸시킬 줄이야.]

역천자의 목소리였다.

백현은 흥 콧방귀를 뀌었다. 목소리는 이곳에서 들리고 있지만, 역천자의 존재는 느껴지지 않는다.

“안 올 거냐?”

백현은 감각을 보다 곤두세웠다. 이곳에서 들려오는 역천자의 목소리를 통해 놈이 도대체 어디에 있는지 추격해 볼 생각이었다.

[갈 필요가 없잖나.]

[그러고 싶지도 않고.]

대답이 들려왔다.

즉시 추격해 보려 했지만 실패했다. 이 세상 어디에도 역천자는 존재하지 않았다.

[나를 쫓으려는 것이라면 하지 말게나. 난 그곳에 없으니까.]

"쫄았냐?"

백현은 눈썹을 찡그리며 내뱉었다. 저속한 말이었지만 역천자는 그 말뜻을 이해했다.

그는 껄껄 웃으면서 대답했다.

[솔직히 말하자면 그렇지. 난 지금의 자네가 두렵다네.]

발끈해 덤벼 올 것을 예상하지는 않았지만, 저렇게 덤덤히 인정하는 것도 의외였다.

백현이 표정을 찌푸리고 있자 역천자가 계속해서 말했다.

[두려울 수밖에 없잖나? 자네가 혈사자를 소멸시키며 보여 준 힘은 그만큼 경이적이었네. 더군다나 바알을 해방한 혈사자를 상대로! 더욱이 놀라운 것은, 그 싸움에서 자네는 전력을 다하지 않았다는 거야.]

[그런 자네와 맞서는 것을 어찌 두렵지 않다고 말할 수 있겠나? 아니, 말을 내뱉는 것이야 쉽겠지만, 감당치도 못할 허세를 부리고 싶지는 않네.]

역천자가 너스레를 떨며 말했다.

백현은 더 이상 역천자를 추격하지 않았다. 만약에 그의 위치를 확인한다고 해도, 역천자를 죽일 수 있으리라는 확신도 서지 않았다.

백현이 살령에 바란 것은 혈사자를 죽이고 역천자를 막는 것이었지, 역천자를 죽이는 것은 아니었다.

[인과 개변의 방울. 그 흉물에 대해서 들어본 적은 있지만, 직접 보는 것은 처음이로군. 대체 어떻게 자네가 그것을 소유하게 된 건가? 이 세상에는 당연히 존재하지 않을 물건인데.]

"……이걸 알아?"

백현은 역천자의 질문에 의아한 표정을 지었다. 술법에 능통하다고는 들었지만, 설마 살령에 대해서까지 알고 있으리란 생각은 하지 못했기 때문이다.

[알다마다. 그런 능력을 가진 물건은 전 세상을 통틀어 그것밖에 없으니. 흠, 되려 내게 묻는 것을 보니 자네는 그 물건의 기원까지는 알지 못하는 모양이지?]

"그게 중요한 것은 아니니까."

[하하! 그렇기는 하지. 그 방울을 울려 인과를 개변한다는 것과 무엇을 감당하는가가 중요한 것이니 말이야. 자네는 무엇을 감당해야 할지도 알고 있나?]

"알아."

[그런 것치고는 동요가 없어 보이는군. 설마 혹시 모를 기적을 기대하고 있나? 그런 기대는 하지 말게나. 그 방울은 가장 오래되고 위대한 존재들이 만들어낸 것이니까.]

백현은 그들이 누구인지는 알지 못했다. 하지만 악몽의 결정자는 역천자가 말한 존재들이 누구인지를 깨닫고서 봉제 인형의 몸뚱이를 가늘게 떨었다.

백현은 무뚝뚝한 얼굴로 손을 뻗었다. 누가 만들었든 간에 당장은 이곳에서 할 일을 마쳐야만 했다.

[자네 덕에 실패해 버렸군.]

역천자가 중얼거렸다. 기이하게도, 그 말에는 백현에 대한 원망은 느껴지지 않았다.

[이번의 실패가 다음을 위한 교훈이 되겠지. 하지만…… 그를 떠나서, 자네와 이렇게 이별하게 되는 것은 솔직히 안타까워.]

"얼씨구."

[말하지 않았나. 난 자네를 싫어하지 않아. 가능하다면 자네를 죽이고 싶지도 않고. 하지만 이렇게 되어버리는군.]

넋두리 같은 말을 흘려들었다. '문'을 만들던 흐름이 백현에 의해 정지했다.

하고자 한다면 고집을 부려 버티는 것도 가능할 터이나, 역천자는 그렇게 하지 않았다. 버텨봤자 시간만 조금 끌 뿐이다. 성공은 이미 불가능한 것이 되었다.

쿠르르릉!

흐름이 소멸하기 시작했다. 백현은 계속해서 힘을 밀어 넣었다.

쉬운 일은 아니었다. 완성을 목전에 두었던 술법이다. 살령을 쓰지 않았더라면 이 술법 하나를 부수는 것조차 불가능했을지도 모른다.

'아예 역천자를 죽여 버렸다면 깔끔했을 텐데.'

못내 아쉬움이 남았다. 만약 살령의 힘을 빌어 역천자를 죽일 수 있었다면…….

이뤄지지 않은 미래를 떠올리며 백현은 쩝 입맛을 다셨다.

살령은 그 바람은 이뤄주지 않았다. 애당초 백현이 바랐던 것은 혈사자를 죽이고 역천자를 막는 것과 더불어 그를 죽여 버리는 것이었으나, 살령은 그중 마지막은 이뤄주지 않았다.

아무리 인과율을 개변하는 힘을 가진 방울이라지만, '절대' 불가능한 것은 이뤄줄 수 없는 것이다.

지금 백현이 얻은 힘이라면 역천자를 죽이는 것도 불가능하진 않다. 하지만 역천자는 철저하게 자신을 감추고 이 세계가 아닌 다른 곳에 숨어 있었다.

[유언이나…… 그런 말을 남길 생각은 없나?]

역천자의 목소리는 당장에라도 꺼질 듯이 작게 들렸다. 술법이 무너지고 있기 때문이었다.

유언, 유언이라.

백현은 피식 웃었다. 대비는 해두었지만, 그로 충분하리란 보장은 없다.

어쩌면, 결국 인과율의 후폭풍을 감당하지 못해 이곳에서 진짜 죽게 될지도 모른다.

"네게 할 말은 없어."

유언이라고 무게를 잡고 싶지는 않았다. 하지만 혹시 모를 상황을 위해 남겨야 할 말이 없지는 않았다.

그건 역천자를 위해 남기는 말이 아니다.

세계가 진동했다. 흐름은 모조리 사라졌고 술법은 소멸했다.

더욱 작아진 목소리로 역천자는 웃음을 터뜨렸다. 그리고 어느 순간, 웃음소리는 들리지 않았다.

백현은 뻗었던 손을 천천히 아래로 내렸다. 살령에게 빌었던 모든 것이 이루어졌다. 혈사자는 소멸되었고, 역천자의 술법도 실패했다.

백현은 긴 한숨을 내쉬었다. 몸 안이 공허했다. 아까만 해도 넘쳐흘렀던 힘들이 처음부터 존재하지 않았다는 것처럼 사라져 가고 있었다.

마왕의 인장과 하나가 되어 불로 지진 것마냥 뜨겁던 심장도 지금은 싸늘하게 느껴졌다. 터질 것 같던 고동 소리가 들리지 않는다.

[너…… 괜찮아?]

악몽의 결정자가 물었다. 노이즈 가득했던 목소리가 이제는 말끔하게 들렸다.

백현은 고개를 끄덕거리지도, 가로젓지도 않았다.

"사라한테 좀 더 오래 기다려 달라고 말해줘요."

죽는 것은 두렵지 않다. 죽음에 대한 감각은 도원경에서부터 망가졌다. 두렵다기보다는 아쉬울 뿐이다.

개똥밭에 굴러도 이승이 낫다는 말. 죽게 되면 살아서 할 수 있는 일을 하지 못하게 되니까.

"너무 오래 걸린다 싶으면, 돌아가서 기다려 달라고도."

그렇게 말했다가, 백현은 실없이 웃었다.

"아니다. 기다려 달라는 건 너무 이기적인 것 같아. 그냥, 기다리고 싶으면 기다리고……. 못 기다리겠다 싶으면, 알아서 하라고 해줘요."

돌아가지 못한단 말은 하지 않았다. 사라는 백현에게 너무 많은 것을 의존하고 있다.

백현이 정말로 죽어, 다시는 돌아갈 수 없게 되었을 때. 자기가 죽는 것보다는 그쪽이 더 신경 쓰인다.

어쩌면 두려운 것일지도 모르겠다. 혹시라도, 사라가 절망해서 극단적인 선택을 해버릴까 봐. 설마 그렇게까지 할까 싶기는 해도, 불안한 생각이 드는 것은 어쩔 수 없었다.

[……지금 유언 남기는 거야?]

"에이, 유언은 무슨. 부정 타는 말 하지 마요. 누가 보면 진짜 죽는 줄 알겠네."

백현은 킬킬 웃으며 대답했다. 괜히 티를 내고 싶지는 않았다.

"부탁드려요. 잘, 그 애가 이해할 수 있게……. 그렇게 설명해 줘요. 괜히 이상한 짓 하려고 들면 꼭 말려주시고. 그 정도는 해주실 수 있죠?"

[……]

악몽의 결정자는 잠시 아무런 말도 하지 않고 백현을 바라보았다.

곧이어 그녀는 짧은 한숨을 내쉬며 대답했다.

[어려운 부탁도 아니니, 못 해줄 건 없지.]

"그리고 민식이한테도. 먼저 잠수 탄 건 너니까, 이번에 내가 잠수 타도 나중에 지랄하지 말라고도 전해주세요."

[너 진짜 안 죽는 거야?]

태연하게 읊어대는 백현을 보며 악몽의 결정자는 혼란을 느꼈다.

네크로맨서로서 수많은 죽음을 보아왔다. 그중 저렇게 죽음을 앞두고서 저렇게 초연한 경우가 얼마나 되던가?

"나야 모르죠. 아직 안 죽었으니까."

백현은 목에 걸고 있는 하블과 파라넥트를 가리켰다.

"얘들이 얼마나 감당해 줄지 곧 알게 될 거고."

[……난…… 부정적이야. 이만큼 비틀린 인과율은 절대로……]

끝까지 말을 잇지는 않았다. 악몽의 결정자는 다시 한번 한숨을 내쉬었다.

[잘되겠지.]

"그랬으면 좋겠네요."

몸 안은 여전히 공허했다.

백현은 자신의 손을 힐긋 내려 보았다. 손끝에서 검은 재 같은 것이 흩날리고 있었다.

자세히 보니 재가 흩날리는 만큼 백현의 몸이 사라지는 것이었다.

'심안도 사라졌군.'

검무희와의 동화도 어느새 끊어져 있었고, 본래 가지고 있던 심안도 떠지지 않았다.

절망적인 상황이었지만 백현은 깊이 절망하지 않았다.

"샤나크한테는 뻘짓거리하지 말고 악몽의 결정자님 말 잘 들으라고 전해주세요. 아무래도 음악은 네 길이 아닌 것 같지만, 개인적으로 네 노래를 싫어하지 않았다는 말도. 노래 실력을 떠나서요."

[배려해 주는 거야?]

"솔직한 감상이에요."

설령 마지막일지라도 그 녀석의 노래를 도저히 잘한다고는 말할 수가 없었다.

남기고 싶은 말이라면 그 외에도 꽤 많이 있었다. 그리 많지 않을 것이라 생각했는데, 이리 맞닥뜨리게 되니 계속 부족하다는 기분이 든다. 정수아나, 라이 룽이나, 마룡왕이나…….

백현은 그만 웃어버렸다.

"흑장미여왕님께는 이렇게 돼서 죄송하다는 말이랑. 돌아올 테니까 기다려 달라고 전해주세요."

[돌아올 수 없을지도 모르잖아. 마왕을 상대로 거짓말을 하려는 거야?]

"에이, 그건 아직 모르는 거라니까요. 그러니까…… 악몽의 결정자님도, 너무 걱정하지 말고 기다려 보세요. 혹시 모르잖아, 내가 진짜로 안 죽을지도."

육체의 소멸은 점점 빨라지고 있었다. 왼팔은 완전히 사라졌고 거짓 불멸성은 발휘되지 않고 있다.

아픔은 전혀 없었으나, 심장 소리가 들리지 않는다. 피도 멈춰 버렸다.

백현은 자신의 몸이 이미 죽어 있다는 것을 알았다.

"곧 있으면 이 세계가 사라질 거예요."

백현은 이제 막 소멸하기 시작한 오른손을 앞으로 펼쳤다.

우우우!

공간이 일렁거리며 자그마한 구멍이 만들어졌다.

"괜히 휘말리지 말고. 피할 수 있을 때 피하세요."

[……난 상관없어. 이 몸은 어차피 의체니까. 그러니까 배웅 정도는…….]

"내가 보여주고 싶지 않아서 그래요."

백현은 휙 손을 뻗었다. 반쯤 사라진 손가락이 봉제 인형의 몸을 붙잡았다.

당황한 악몽의 결정자가 인형의 몸을 버둥거렸지만, 백현은 재빨리 인형을 열린 구멍 너머로 던져 버렸다.

"그리고, 당신도."

백현은 그렇게 말하고서 칼자루를 뽑았다.

"도와줘서 고마워."

[……당신은……. 어떻게 되는 겁니까?]

칼자루가 진동한다. 검무희는 떨리는 목소리로 물었다.

그 말에 백현은 피식 웃으면서 왼쪽 어깨를 눈으로 힐긋 가리켰다.

"대가를 치르는 거지."

[그런…….]

"어쩔 수 없잖아. 내가 선택한 일이기도 하고. 그러니까."

백현은 칼자루를 놓았다. 손에서 떨어져 나간 칼자루는 추락하지 않고 공중에 우뚝 멈춰섰다.

"당신도 하고 싶은 대로 해."

[……네?]

"여러 가지…… 음. 애로 사항이 있어 보이기는 하지만. 그래도, 내가 말했잖아. 개똥밭에 굴러도 이승이 낫다고. 검령도 없어졌으니, 당신 하고 싶은 대로 해도 되지 않을까."

검령은 아무런 말도 하지 못했다.

백현은 킥킥 웃었다.

"아니면, 마룡왕한테 안부나 전해줘. 당신이 준 비늘 덕에 한 번 목숨을 건졌다고."

검무희와 연결되며, 그녀의 심상을 보았다.

검무희와 마룡왕은 동료라 할 만한 사이는 아닐 터이나, 그렇다고 적대 관계인 것도 아니었다. 적어도 마룡왕에게는 그럴 것이다.

최후의 순간에 검무희는 마룡왕을 떠올렸었다. 자신과는 다르게 욕망적이고 자유로운 그녀를 부러워했었다.

[……고맙습니다.]

잠시 백현을 지켜보던 칼자루가 움직였다. 칼자루에 눈은 없었지만, 백현은 미련 가득한 검무희의 시선을 느낄 수 있었다.

아무렇지도 않다는 양손을 흔들며 보내주었다. 그제야 손바닥이 이미 소멸해 사라졌다는 것을 알았다.

칼자루가 떠나고 나서. 열어두었던 구멍은 사라졌다. 잔존해 있던 신화적인 힘 또한 흔적 없이 소멸해 버렸다. 평생 느껴본 적 없던 무력감이 어깨를 짓누른다.

백현은 고개를 들어 하늘을 보았다. 존재 가치가 없어진 세계가 소멸해 가고 있었다.

"희한한 기분이네."

백현은 천천히 아래로 추락했다. 그리하려던 것도 아닌데, 힘을 잃어 이미 죽은 몸뚱이는 백현의 의지를 벗어났다.

그래 봤자 저 아래에 땅은 없다. 그저 끝없이 추락할 뿐이다.

기왕 그렇게 된 것, 백현은 뒤로 벌러덩 누워 버렸다.

"진짜 죽는 건지도 모르겠고."

그렇다지만, 지금의 '끝'이 머지않았음은 알 수 있었다.

바로 곧.

시야가 흔들리고 어지러워진다. 백현은 천천히 눈을 감았다.

눈꺼풀이 완전히 감기기 직전. 감기지도 않았는데 시야가 암전되어 아무것도 보이지 않았다. 양팔, 양다리. 아무것도 느껴지지 않는다.

백현은 몸 안을 가득 채운 공허함이 의식을 삼키는 것을 느꼈다. 그 순간에조차 백현은 두려움을 느끼지 않았다.

그냥, 사라의 얼굴이 이상할 정도로 잘 떠올랐다. 암전되어 아무것도 보이지 않는데도, 사라의 얼굴은 바로 앞에 있는 것처럼 아른거렸다.

지키지도 못할 말을 해버렸다는 죄책감 때문일까. 빠르고 늦고를 떠나 아예 돌아갈 수 없을지도 모르는데.

그에 대해서 스스로를 합리화할 수도 없었다. 백현의 의식은 공허에 삼켜져, 그대로 멈춰 버렸다.

인과율을 비틀어 바꾼 것에 대한 필연적인 반동이었다. 백현은, 여태까지 살령을 써온 모두가 그랬듯이 죽음을 피할 수 없었다.

공허에 깊이 잠긴 의식이.

[……가 손을 뻗습니다.]

조금씩, 위로 떠올랐다.

10장
안 죽었나?

역천자는 몸을 일으켰다.

성공을 목전에 두었다가 실패해 버렸다. 아쉽지는 않았다. 단지 안타까울 뿐이다.

그 안타까움마저도 '실패'에 대한 것은 아니었다.

"어쩔 수 없지."

가벼운 애도를 보낸 뒤에, 역천자는 주변을 쓱 둘러보았다. 온갖 종류의 부적이며 두루마리, 법서 등이 지저분하게 널브러져 있었다.

역천자가 아무리 술법가로 신격의 좌에 올랐다지만, 이 정도 규모의 술법을 펼치기 위해서는 여러 가지 준비가 필요한 법이었다.

역천자는 잠시 그것들을 질린단 눈으로 쳐다보았다. 저것들을 보고 있으니 이 술법에 얼마나 많은 공을 들였는지 새삼 체감이 되었다.

역천자는 긴 한숨을 내쉬며 백현을 떠올렸다. 들인 공이 체감되기는 했지만, 그는 여전히 술법의 실패보다는 백현의 죽음에 안타까움을 느꼈다.

'이상할 정도로 말이지.'

백현에게 느끼는 친애가 이상하다는 것은 역천자도 느끼고 있었다. 아니, 이것을 친애라 해야 할까. 친숙함…….

그것이 감정의 근원이다. 단순히 신비한 인간이라서? 아니면 다른 무언가가 있는가. 그걸 모르겠다.

천자는 눈썹을 찡그렸다. 그는 왜 자신이 백현에게 친숙함을 느끼고 있는지, 스스로 만족할 만한 답을 낼 수가 없었다.

백현이 다루는 힘이 혼돈과 닮아 있어서? 그건 친숙함의 이유가 되지 못한다. 애당초 백현이 다루는 힘은 닮았을 뿐이지 혼돈 자체도 아니었다.

'영영 알 수 없겠군.'

역천자는 머릿속에서 백현에 대한 생각을 지워냈다. 의문은 답답했지만, 백현이 죽어버렸으니 해소될 일은 없다.

'지금쯤이면 죽었겠군.'

술법이 무너지며 백현이 있던 세계를 더는 엿볼 수 없게 되었다.

이럴 줄 알았으면 관측에 더 공을 들일 것을 그랬나. 설마 일이 이렇게 되어 백현이 혈사자를 소멸시키리란 생각은 전혀 하지 못했으니, 이미 늦은 일이다.

'자 그럼…….'

이제 다음을 생각할 차례다.

검령과 혈사자를 패로써 쓰는 것은 실패했다. 검무희와 검령이라는 특별한 존재와 혈사자의 야심이 어우러져 만들었던 기회였다.

헌드레드나 마룡왕 또한 역천자가 길을 열어준다면 어비스를 오갈 수 있겠지만, 그들을 사용해 묵주 목걸이와 술법을 펼치는 것은 불가능하다.

하지만 막막하지는 않았다. 다른 계책은 진즉에 안배로서 깔아두었고, 지금도 진행되고 있다.

그 계책에서 변수라 할 만한 건 퓨어세인트의 특이성인가?

역천자는 퓨어세인트에게 '빼앗긴' 팔로워들을 떠올렸다. 그리고. 오싹한 예감이 등허리를 섬뜩하게 만들었다.

어떻게, 누가, 왜. 그런 생각을 이어가기 전에, 역천자는 급히 결계를 일으켰다.

타이밍이 딱 맞았다

꽈아앙!

어둠을 뚫고 쏘아진 거대한 힘이 역천자의 결계를 뒤흔들었다. 다급히 펼친 결계로 감당하기에는 너무나 거대한 힘이었다.

가면 너머에서 역천자의 눈동자가 부릅떠졌다. 그는 재빨리 수인을 맺으며 입술을 달싹거렸다. 고속으로 내뱉은 주문이 결계를 보다 견고히 만들었다.

'이게 뭔……?'

방어를 굳건히 하고서야 공격해 온 상대에 대한 의문이 들었다. 하지만 당장의 방어를 신뢰할 수는 없었다. 결계가 견고해진 것을 비웃기라도 하듯이 '힘'은 더 거세어졌다.

위에서 아래로 쏟아지던 힘의 방향이 바뀐다. 어느새 '적'은 정면에 있었다. 순간적으로 치솟은 화력이 역천자를 결계 채 그대로 뒤로 날려 버렸다.

'이건…….'

그제서야 역천자는 이 공격이 무엇인지 깨달았다.

기염(氣焰)!

고룡이 쏘아내는 브레스를 태양 앞 반딧불로 만들어 버리는 무식하기 짝이 없는 위력의 공격이었다.

"후욱."

마룡왕은 입술 근처에서 일렁거리는 불꽃을 혀로 날름거렸다.

그녀는 결계 너머에서 눈을 부릅뜬 역천자를 응시하며 눈썹을 찡그렸다.

"마룡왕? 왜 그대가 날……."

"무슨 일이 있었던 것이오?"

당황해 묻는 역천자를 노려보며, 마룡왕은 싸늘한 목소리로 물었다.

역천자는 어이가 없었다. 대뜸 공격해 놓고서는 무슨 일이 있었냐니? 방금 전의 공격은 그 어떤 신격이라도 치명상을 입을 힘이 실려 있었다.

"갑자기 뭐라는……."

"무슨 일이 있었느냐 물었소."

이번에도 마룡왕은 역천자의 말을 끝까지 듣지 않았다. 목소리는 보다 거칠어졌고, 치솟은 비늘이 마룡왕의 몸을 뒤덮었다.

그녀는 살기로 눈을 빛내며 성큼 앞으로 걸었다. 발아래에서 솟구친 용마력이 마룡왕의 몸을 휘감았다.

"그대가 백현을 죽였소?"

쏘아붙이는 말에 역천자는 얼떨떨한 표정을 지었다. 설마 그것 때문에 앞뒤 가리지 않고 기염을 뿜어냈단 말인가?

역천자는 백현을 한 번 보호했던 마룡왕의 비늘을 떠올렸다.

"대체 왜 분노하는 겐가? 언제부터 그를 그토록 아꼈다고?"

"그건 그대가 알 바가 아니오. 역천자, 본녀의 분노를 이해하려 들지 말고, 이 상황을 본녀에게 이해시켜 보시오."

"이것 참, 당황스럽군. 죽일 듯이 기염을 뿜어낸 것은 그대였

잖나? 게다가 지금도 살기를…….”

“질문에 대답할 생각은 없는 것이오?”

꽈앙!

마룡왕의 꼬리가 땅을 내리찍었다. 대지가 통째로 뒤흔들렸다.

역천자는 난감한 기색을 흘리며 마룡왕을 응시했다. 보아하니 이유만 설명해 준다고 해서 물러설 것 같지는 않았다.

갑작스레 마룡왕과 싸우는 것은 역천자의 바람이 아니었고, 저만한 적수와 싸울 준비도 갖추지 못했다.

‘진심인가?’

마룡왕의 의중을 도저히 헤아릴 수가 없었다.

역천자가 알고 있는 마룡왕은 그 흉악한 힘에 마땅한 오만한 존재였다. 혼돈의 근원이라는 목적을 맹목적으로 추구하면서도 냉철했다. 그런 그녀가 고작 이런 이유로 진짜 싸움을 걸고 있단 말인가?

‘……나쁘군. 아주 나빠.’

저 살의가 진심인지는 알 수 없었으나, 이것만은 확실했다. 지금 마룡왕과 싸우는 것은 역천자에게 아무런 득도 되지 않는다. 죽지는 않을지라도 된통 당할 것이 불 보듯 뻔했다.

역천자는 슬쩍 발을 뗐다. 그러자 기다렸다는 듯이 마룡왕이 도약했다. 둘 사이의 거리가 순식간에 좁혀졌고, 마룡왕의 팔이 꿈틀거렸다.

푸확!

갑작스러운 안개가 휘몰아쳤다. 한 치 앞을 내다볼 수 없는 짙은 안개였다.

마룡왕은 개의치 않고 팔을 휘둘렀다. 어느새 가녀린 팔은 흉악한 마룡의 팔로 바뀌어 있었다.

거대한 발톱이 안개를 찢어 갈랐다. 그곳을 빠져나왔지만, 역천자의 모습은 보이지 않았다. 그 짧은 순간에 마룡왕을 현혹시키고 이 자리에서 이탈한 것이다.

하지만 마룡왕은 실망하지도, 분노하지도 않았다. 처음부터 역천자만을 겨누고 있던 그녀의 감각은 역천자의 도주를 놓치지 않았다.

"그대는 아직 본녀의 질문에 대답하지 않았소."

마룡왕은 두 눈을 붉은빛으로 번뜩이면서 중얼거렸다. 마룡왕의 몸이 천천히 뒤로 젖혀졌다.

또다시 기염이 뿜어졌다. 세상을 통째로 관통할 만한 힘이었다. 하늘 높이 쏘아진 기염은 어느 순간 급격히 방향을 꺾었다. 어느새 저만치 이동해 버린 역천자를 정확히 포착한 공격이었다.

꽈아아앙!

세상이 순간 붉게 변해 버렸다. 빛이 잦아들며 몰아친 폭풍이 주변을 거칠게 휩쓸고 할퀴었다.

마룡왕은 흩날리는 머리카락을 내버려 두고서 기염이 터뜨린 먼 장소를 노려보았다.

“쯧.”

역천자의 결계를 꿰뚫고, 그의 몸을 박살 내기는 했지만. 그게 전부였다.

일격으로 죽일 수 있을 만큼 쉬운 상대가 아니다. 역천자는 박살 난 몸뚱이를 붙들고 사라져 버렸고, 마룡왕은 더 이상 역천자를 추격할 수 없었다.

나서서 추격한다면 또 모를 일이지만. 마룡왕은 굳이 그렇게 하지 않았다. 속 모를 놈인 데다 궤변을 늘어놓을까 공격해 몰아붙였다.

서로 이유가 다를지언정 혼돈의 근원을 두고 겨루고 있고, 결국에는 적이다. 결코 만만하지 않은 적. 끝을 보고자 추격한다면 마룡왕이라 할지라도 그만한 대가를 지불해야 할 것이다.

‘답이나 해주고 갈 것이지.’

마룡왕은 눈썹을 찡그리며 아랫입술을 잘근 씹었다.

백현에게 주었던 비늘이 사용되었다.

……그것뿐이다. 아직 그가 정녕 죽은 것인지, 아니면 목숨을 부지했는지는 알 수가 없었다.

그녀를 더욱 짜증 나게 하는 것은, 비늘이 사용된 장소를 정확히 특정할 수가 없다는 것이다.

좌표가 겹쳐지는 곳은 이곳이 틀림없는데, 이 주변에는 비늘이 사용될 만한 흔적이 없다. 역천자만 있었을 뿐이다.

역천자가 백현을 직접 죽인 것일까?

그건 납득이 되지 않는다. 마룡왕이 처음 깨어났을 때, 역천자는 마룡왕에게 부탁까지 해가며 백현을 죽이지 말아달라고 했었다.

물론 그 이후로 시간이 꽤 흐르기는 했다. 그때는 죽이고 싶지 않았다지만 마음이 바뀌어도 이상하지는 않다.

하지만 왜 굳이? 납득이 되지 않는다.

'납득하지 못할 것도 없지만.'

마룡왕은 자신이 어떻게든 이 현실을 부정하려 들 뿐임을 깨달았다. 백현이 죽지 않았다고, 그렇게 생각하고 싶을 뿐이다.

마룡왕은 그런 자신이 우스워 헛웃음을 흘렸다.

"정말 죽었다고?"

마룡왕이 알 수 있는 것은 백현에게 주었던 비늘이 사용되었다는 것뿐. 어쩌면 사용만 되었을 뿐 목숨은 건졌을지도…….

순간 들었던 생각에 마룡왕은 또다시 웃어버렸다. 백현의 생사를 두고서 어떻게든 살아 있다는 것에 초점을 맞추려는 마음이 한심했다.

더 이상 이곳에 있을 필요가 없었다. 마룡왕에게 이곳에서 어떤 일이 벌어졌는지를 살펴볼 재주 따위는 없었다.

그럼에도 못내 미련이 남는다. 차마 떠날 수 없어 잠시 동안 주변을 살폈다.

만약에라도, 팔이나…… 손, 혹은 살점이나 뼈. 그런 식의 '흔적'을 직접 본다면, 미련을 버릴 수 있을 것 같았다.

하지만 그 어떤 죽음의 증거도 발견할 수가 없었다. 이곳에는 정말 아무것도 없었다.

새겨진 흔적은 마룡왕이 역천자를 공격하며 만들어진 것이지, 그 이전 벌어졌을 싸움의 흔적은 어디에도 없었다.

억지로 미련을 접고 이곳을 떠나려는 순간, 공간에 작은 구멍이 나타났다.

놀라 눈을 크게 뜬 마룡왕은 재빨리 그곳으로 달려갔다.

어디로 연결된 것인지 알 수 없는 구멍이었다. 아무리 마음이 급하다지만, 무턱대고 손을 찔러 넣지는 않았다.

5년 전 혼돈이 어떻게 폭주했던가? 키마이라, 그 무식한 등신이 나타난 구멍에 생각 없이 손을 찔러 넣은 것이 참사의 시발점이었다.

쉬익!

구멍의 안쪽에서 무언가가 날아왔다. 순간 흠칫 놀라기는 했지만, 마룡왕은 크게 당황하지 않고 몇 걸음 뒤로 물러섰다. 만약의 사태를 대비해 이곳을 이탈할 준비는 해두었다.

하지만 안에서 튀어나온 것은, 마룡왕의 예상을 아득히 벗어난 물건이었다.

팔 한쪽이 터지고 전체적으로 낡아빠진 봉제 인형 하나가 구멍에서 튀어나왔다.

어지간한 일로는 당황하지 않을 마룡왕이었지만, 지금은 당황할 수밖에 없었다.

그렇다고 해서 가만히 있지는 않았다. 마룡왕은 빠르게 손을 뻗어 인형을 붙잡았다.

[맙소사.]

붙잡은 순간, 담담한 중얼거림이 마룡왕의 머릿속에서 울려 퍼졌다.

인형이 말을 한다. 그건 이제 와서 놀랄 거리도 되지 않았다. 마룡왕은 그 목소리와 인형에게서 느껴지는 존재가 누구인지 알고 있었다.

"……악몽의 결정자? 그대가 왜……."

[그건 내가 물을 말이야. 왜 당신이 여기에 있는 거지?]

"설마 그대가 역천자와 작당하고 백현을 죽인 것이오?"

[질문은 내가 먼저 했을 텐데?]

"그럴지라도 대답은 그대가 먼저 해야 할 것이오."

마룡왕은 손아귀에 힘을 주면서 으르렁거렸다.

악몽의 결정자는 기가 찬다는 듯이 웃었다.

[어쩜 이리 무례할 수가. 보아하니 대답이 간절한 것은 당신

아닌가?]

"본녀만큼 강하다면 이 정도는 무례하다 할 것도 없소."

[그렇게 말씀하시니 대답하기 참 싫어지네. 당신도 알고 있을 텐데? 지금 쥐고 있는 몸뚱이는 단순한 의체일 뿐이야. 터뜨리고 싶다면 어디 터뜨려 보시지.]

악몽의 결정자가 코웃음을 치며 말했다. 마룡왕은 뿌득 이를 갈며 인형의 눈을 노려보았다.

결국, 뒤로 물러선 것은 마룡왕이었다.

"……역천자가 방금 전까지 이곳에 있었소. 지금은 도망가 버렸지만 말이오."

[그거 잘됐네. 역천자가 남아 있었다면 귀찮아질 뻔했어. 놈을 쫓아내 주었으니 고맙다고 해야 하나?]

"질문에나 대답하시오."

[백현의 생사가 당신에게 중요한 일인가?]

"질문에 대답하라고 했소."

[직접 들을 필요는 없겠네. 지금 당신을 보니 말이야. 난 백현의 적이 아니야. 오히려 녀석의 아군이지.]

"무슨 일이 있었던……."

그 질문이 끝나기도 전이었다. 구멍에서 또다시 무언가가 튀어나왔다.

마룡왕은 확 손을 뻗어, 막 구멍에서 빠져나온 것을 붙잡았다.

[아.]

또, 목소리가 머릿속에 울린다.

마룡왕의 눈이 크게 떠졌다.

날 없는 칼자루. 몸뚱이라 할 만한 것도 아니었다. 그곳에서 검무희의 존재감이 느껴졌고, 목소리 또한 검무희였다.

"어째서?"

마룡왕의 목소리에 조금의 떨림이 실렸다. 그만큼 놀라운 일이었다.

검무희는 마룡왕도 인정하는 고수였다. 그런 그녀가 무슨 일을 겪었기에, 저런 모습으로 영락해 버렸단 말인가?

[백현은?]

[……마지막은 보지 못했습니다.]

악몽의 결정자는 마룡왕을 신경 쓰지 않고서 검무희에게 물어보았고, 검무희는 긴 한숨을 내쉬며 대답해 주었다.

그 말에 마룡왕의 눈동자가 파르르 떨렸다.

마지막. 그것이 무슨 뜻인지.

"……백현이 죽은 것이오?"

마룡왕은 꿀꺽 침을 삼키며 물었다.

[아직 몰라.]

악몽의 결정자가 씁쓸한 목소리로 말했다.

[죽는 게 정상이기는 한데, 놈 자체가 워낙에 비정상이라서

말이야.]

봉제 인형을 붙잡고 있던 마룡왕의 손이 벌어졌다.

봉제 인형은 힘없이 아래로 떨어지는 마룡왕의 손을 힐긋 보면서 중얼거렸다.

[어쩌면 안 죽었을지도 모르지.]

그 말대로였다.

'나.'

의식이 차츰 또렷해진다. 몸을 푹 적시던 공허가 떠내려간다. 감각들은 조금씩 돌아오고 있었다.

"안 죽었나?"

백현은 눈을 뜨며 목소리를 내보았다.

그건 분명 자신의 목소리였다.

"아, 아."

백현은 시험 삼아 몇 번 더 소리를 내보았다.

지금 이 감각이 단순한 착각이 아님을 확신하고서, 백현은 슬며시 손끝을 움직여 보았다. 꼼질대는 손가락이 영 어색했다. 아주 오랜만에 이렇게 움직여 보는 것 같은 기분이었다.

'안 죽었어.'

분명히 의식이 끊어졌었다. 그 순간, 틀림없이 죽었다고 생각했는데……. 그냥 기절했을 뿐인가?

백현은 천천히 눈을 떠보았다. 하늘은 당장에라도 비가 쏟아져 내릴 것만 같은 회색이었다.

백현은 잠시 동안 눈을 깜박거리며 그 하늘을 바라보았다.

'꿈이 아니야.'

백현은 목 주변을 더듬었다. 가장 먼저 파라넥트가 손에 잡혔다.

하지만 그것뿐이었다. 함께 있어야 할 하블은…… 없었다. 하블이 '죽음'이라는 인과율에 개입한 걸까.

하블은 게임의 세이브, 로드 기능이라고 생각하면 돼. 하블은 네가 원할 때의 육체 상태를 '세이브'하고, 네가 치명적인 상처를 입었을 때 세이브 했던 육체를 '로드'해서 몸을 되돌리는 거야.

한 번밖에 쓸 수 없기는 하지만. 잘 들어, 이게 중요하니까. 하블은 죽음을 거스를 수도 있어.

죽음을 거스르는 것은 말이야, 말은 별것 아닌 것처럼 들려도 그리 쉽고 간단한 일이 아니란 말이야. '로드'는 순식간에 이뤄지겠지만, 그 짧은 순간에 너는 틀림없는 죽음을 겪었던 거야. 그 짧은 죽음이 너에게는 영원처럼 느껴질 수도 있고, 죽음에 잠겨 있는 동안 네 자아가 어떻게 되어버릴지도 전적으로 네게 달린 거야.

악몽의 결정자는 하블을 건네주면서 그렇게 말했었다. 세이브, 로드.

백현은 자신의 양손을 내려 보았다.

'세이브가 되었는지 모르겠네.'

육체를 언제 세이브할 지는 백현이 정할 수 없다.

육체가 최적의 상태라면 하블은 그 상태를 세이브한다. 그렇기 때문에 백현은 자신의 육체가 어느 상태에서 세이브되었는지 알 수가 없었다.

'설마 살령을 쓰고 난 후로 세이브되지는 않았을 테고.'

그건 말도 안 되는 일이었고, 백현도 바라지 않는 일이었다. 어쩔 수 없이 사용했을 뿐이다.

'아니.'

하블은 없다. 발동된 것은 틀림없었다. 그런데 위화감이 가시질 않는다.

백현은 주변을 둘러보았다. 칙칙한 회색 하늘. 낯선 기분이 들었다. 저런 색의 하늘을 처음 보는 것도 아닌데.

우선 상황을 파악하고자 가부좌를 틀고 앉았다. 운기행공은 가능했다. 단전은 언제나처럼 내공이 충만했다. 몸은 상처 하나 없었다.

장비를 점검했다. 아라크네는 혈사자와의 싸움에서 완전히 파괴되었고, 파라넥트는 그대로 있다.

귀걸이.

백현은 손으로 귓불을 어루만졌다. 가짜 바알을 재료로 써서 만든 귀걸이다. 이 아티펙트의 기능은 천공성과 링크를 활성화해 백현의 주변 공간을 도원으로 바꾸는 것이다.

혈사자와의 싸움에서는 사용할 수 없었다. 외부와 거의 단절되었던 세계. 신격이 아닌 백현으로서는 그 세계에서 도원을 펼칠 수 없었다.

'……반응이 없어.'

백현의 눈썹이 구겨졌다. 천공성과의 링크가 깨끗이 끊어져 있다. 이걸 어떻게 받아들여야 하나?

백현은 천천히 몸을 일으켰다. 아직 확인하지 않은 것이 있었다.

마왕의 인장. 살령으로 인해 심장과 동화되었지만, 인과율의 개변이 끝나면서 심장과는 다시 분리되었다.

백현은 손바닥에 올린 마왕의 인장을 물끄러미 바라보았다. 위화감은 인장에도 있었다.

설마, 하는 생각에 백현은 크게 숨을 들이켰다. 들이마시고, 내뱉고.

어이가 없어서 헛웃음이 나왔다.

여긴 어비스가 아니었다. 그렇다고 어비스 바깥의 지구도 아니었다.

어비스에 당연하단 듯이 존재했던 혼돈은 여기서는 느껴지지 않는다. 그 대신, 백현은 다른 것을 느꼈다.

그는 천천히 심안을 떠보았다. 불온하고, 낯선 형태의 흐름들. 그중에서 미미하게나마 아는 흐름이 섞여 있었다.

마기였다.

냉정히 상황 판단을 해본다.

'난 죽었어.'

그것에 대해서는 의심할 여지가 없었다. 무엇에 위화감을 느끼는지 하나하나 깨달았다.

'심장' 소리가 들리지 않는다. 왼쪽 가슴에 손을 올려보고, 귀를 기울여 보고, 맥을 짚어보아도. 아무것도 느껴지지 않는다.

'이건 영체인가?'

도원경에서 백현은 살아 있는 육체가 아닌 영혼만 존재했다. 하지만 도원경의 영체와 이곳의 몸뚱이는 다른 것 같았다.

가장 쉬운 방법은 스스로 상처를 내보는 것이다. 도원경에서는 어떤 상처라 할지라도 즉시 재생되곤 했다.

"그건 너무 무식한 방법이지."

상황을 제대로 알지도 못하는 와중에 시험해 볼 수는 없다.

가장 이해가 안 되는 것은 이 '세계'다. 마기가 흐르는 세계. 어비스도 아니고, 지구도 아니다. 그렇다면 이곳은 대체 어디란 말인가?

하블에 이런 능력은 없다. 악몽의 결정자는 하블을 통해 죽음에서 소생한다 할지라도, 분명한 '죽음'을 겪는다고 했다. 그건 찰나일 수도 있고 영원일 수도 있다고도 덧붙였다.

그렇다면 이곳은 저승인가? 무엇 하나 명확하지 않아 가슴이 답답했다.

언제까지고 주저앉아 생각만 할 수는 없으니, 일단 이동을 시작했다.

확실치 않다지만 가설은 세우자 한다면 얼마든지 세울 수 있다.

하블이 정상적으로 작동하지 않았다. 왜? 갖다 붙일 이유 중 가장 그럴듯한 것은 역시 살령뿐이다. 살령이 불러온 인과율의 폭풍이 너무 거대해, 하블로써는 감당할 수가 없었다.

그렇다고 이런 일이 일어나나?

백현은 정신을 집중했다. 혹시 머릿속의 ……가 답을 알려주지 않을까 싶어서였다.

"아, 새끼 정말."

아까부터 계속 말을 걸고 있는데, 평소와 다를 것 없이 놈은 입을 다물고 있었다.

자기 떠들고 싶을 때만 떠드는 놈이라는 것은 알지만, 이런 터무니없는 상황이라면 뭐라도 좀 알려줘야 할 것 아닌가.

그렇다고 다른 누군가에게 물어보자니, 주변에는 정말 개미 한 마리도 보이지 않는다.

백현은 황량한 평야를 걸으며 한숨을 푹 내쉬었다.

혹시라도 당신이 마계에 가게 된다면 그 인장 덕에 많은 고생을 하게 될 겁니다.

'상대가 상위 마족이나 마왕이라면 널 어떻게든 죽이려 들 거야. 마족도 아닌 놈이 마왕의 인장을 가지고 있으니 말이지.

처음 인장을 받을 때만 해도 설마 마계에 오게 될 것이라고는 생각도 해본 적이 없었다.

솔직히, 정말 솔직히…… 언젠가 한 번쯤은 가보고 싶다는 생각을 하기도 했었으나 절대로 이런 식으로 오고 싶지는 않았다.

'설마 이것 때문인가?'

마왕의 인장은 마계에 출입할 수 있게 해주고, 마족이 아닌 존재가 마계에서 살아남게 해준다.

인간은 마족에게 살해당하는 것을 떠나, 마계에서 생존하는 것 자체가 불가능하다.

물론 지금 백현은 죽은 상태이기는 했지만. 그가 이렇게 마계로 추정되는 세계를 활보할 수 있는 것은 마왕의 인장 덕분

일 것이다.

"어떻게 나가야 하는 거야?"

백현은 긴 한숨을 내쉬며 하늘을 올려다보았다. 뿌연 회색 하늘에 태양은 보이지 않았으나, 조금씩 어두워지고 있다는 것은 알 수 있었다. 이곳에도 '밤'은 존재하는 모양이다.

완전한 어둠이 찾아오기 직전. 대지가 진동했다. 경계를 풀지 않고 이동하고 있던 백현은 즉시 걸음을 멈추었다.

어딘지 모르는 곳이지만, 이곳은 높은 확률로 마계일 것이다. '인간'이고 마왕의 인장을 가진 백현은 절대로 이 세계의 주민들에게 환영받을 수 없다. 평소 이상으로 경계하고 긴장하는 것은 당연했다.

꽈드드득!

대지가 격동하여 들썩거렸다. 탁 트인 평야가 전혀 다른 지형으로 바뀌었다.

높이 치솟은 땅은 까마득한 절벽을 만들었고, 백현은 절벽과 바위산 사이에 서게 되었다.

"이게 뭔……."

바뀐 것은 지형뿐만이 아니었다. 이동하는 내내 느껴본 적이 없는 다른 존재감과 시선들이 백현에게 내리꽂혔다.

백현은 움직이지 않고 조용히 섰다. 자신을 쳐다보는 시선의 주인들을 살피기 전에, 그들이 무엇을 위해 자신을 보는가가 중요했다.

'이럴 줄 알았지.'

송곳처럼 날카로운 살기.

"저기 잠깐……."

혹여 말로 하면 알아들을까 싶어서 목소리를 냈는데. 괜한 짓이었다. 살기가 순식간에 거리를 좁혀온다.

백현은 한숨을 푹 내쉬며 파천신화공을 운용했다.

11장
누구세요?

절벽 위에서 도약해 떨어진 것들은, 뭔지 알 수 없는 놈들이었다.

몸을 누더기처럼 덕지덕지 기우고, 피부에는 딱지와 고름이 그득해서 혐오스럽고 악취가 났다. 또한 탁한 눈동자는 살기와 탐욕이 가득했고, 벌린 입에선 썩은 내가 폴폴 풍긴다.

"저기."

백현은 다시 한번 말을 걸었다.

놈들이 몬스터인지 마족인지, 아니면 다른 이종족인지 알 수가 없었다. 누더기처럼 기운 몸에 악취는 같았지만, 다들 생김새가 달랐다.

습격자 중에서 그나마 사람처럼 생긴 놈을 골라 살려두었다. 나머지는 전부 죽었다.

손대중을 하려고 해도 악착같이 덤벼들고, 위협을 해보아도 겁먹은 기색 없이 덤비길래 어쩔 수 없었다.

"내 말 알아듣겠어요?"

유일한 생존자는 팔다리를 모조리 꺾고 바닥에 처박아주었다.

그쯤 하면 자기 처지를 알아먹을까 했는데, 저 꼴이 되어도 놈은 누런 이빨을 딱딱 부딪치며 백현에 대한 살의를 잠재우지 않았다.

"내 말 알아듣겠냐고요. 저기요."

인내심을 갖고 다시 한번 말을 걸어보았다. 그러자 놈이 눈깔을 까뒤집고 부러진 팔다리를 휘저었다. 그러면서 지렁이처럼 배를 꿈틀거리며 백현에게 기어오려 들었다.

그러다가 허리를 튕겨 펄쩍 도약해, 벌린 입으로 백현을 물어뜯으려 들었다.

쩌억!

백현은 적당히 힘을 빼고 손을 휘둘렀다. 덤비던 놈이 따귀를 얻어맞고 바닥을 뒹굴었다.

"야, 여기가 어디야?"

사나운 표정을 지으며 쏘아붙였다. 바닥에 널브러져 있던 놈이 퍼뜩 머리를 들더니 눈을 까뒤집었다. 그러더니 피 섞인 침을 뱉어가며 뭐라 떠들어대기 시작했다.

"……뭐라는 거야?"

그게 당최 무슨 말인지 알 수가 없었다. 백현은 얼떨떨한 얼굴로 놈이 떠드는 것을 들어보았다.

뭔가 말을 하는 것 같기는 한데, 아무리 들어도 모르겠다. 어비스에서야 다른 차원의 군주와 그 권속들과 아무 문제 없이 대화가 가능했고, 선계에서도 대화에 어려움은 없었다.

하지만 지금은 통역 아티펙트도 없고, 설령 있다 할지라도 말이 통할지는 의문이었다.

"대체 뭐라는 건지 모르겠……."

"널 먹게 해달라는군."

답답해 중얼거린 순간, 등 뒤에서 목소리가 들렸다. 전신 털이 오싹하고 곤두섰다.

접근? 어느 틈에? 전혀 눈치채지 못했다. 이런 상황이기에 더욱 경계를 곤두세우고 있었는데.

'누구?'

접근하기는 한 건가? 분명 목소리는 등 뒤에 있는데, 아무 기척도 느껴지지 않는다.

백현은 바로 뒤를 돌아보지 않았다. 접근하는 것을 눈치채지도 못하고 뒤를 잡혀 버렸다. 적의를 가진 상대라면 목소리를 내지 않고 진즉에 공격했을 거다.

"……이 새끼가 하는 말을 알아들으시나 봐요?"

"왜, 통역이라도 해줄까."

"그렇게 해주신다면 고맙죠. 지금 뭐라고 떠드는 거예요?"

"별것 없는 말이다. 아귀(餓鬼)의 자아는 개새끼만도 못하거든. 널 어떻게 먹을지에 대해 떠들고 있을 뿐이야."

"아귀? 쟤들이 아귀예요?"

"그래. 마계의 저급한 괴물들. 존재를 빼앗기고 탐욕만 남아서 썩은 내를 풍기고 다니는 쓰레기들이지."

목소리의 주인은 남자였다.

여전히 백현은 뒤를 돌아보지 않았다. 그뿐만이 아니었다. 한 발자국도 움직일 수가 없었다.

"……놈들에 대해 잘 아시나 봐요."

"네가 무지한 거겠지."

남자가 이죽거렸다.

"계속 아귀와 입씨름을 할 생각이냐."

"놈들에게 물어보고 싶은 것들이 있었는데, 말도 안 통하고. 제가 지금 굉장히 난감한 상태거든요."

"그래 보이는군."

"괜찮으시다면 저 좀 도와주실래요?"

몸은 움직이지 않는다. 그나마 입술만 움직여 대화하고 있을 뿐이다.

이런 식의 주박은 처음이었다. 벗어나기 위해 내공을 끌어내 보지만, 단전은 꽝꽝 얼어버린 것처럼 움직이지 않았다.

"도와달라고?"

"네."

"내가 널 돕는다면, 넌 내게 무엇을 해줄 테냐?"

"제게 뭔가 바라는 건 있으시고요?"

"없다면 너와 이러고 있지도 않았겠지."

남자가 피식 웃었다.

퍼억!

아귀의 머리가 터졌다. 튀긴 피와 고름이 백현의 뺨에 부딪혀 흘러내렸다. 역겨운 악취가 코를 뒤덮었다.

"넌 누구냐?"

몸의 주박이 풀렸다. 백현은 크게 숨을 들이켜면서 손을 쥐었다 폈다.

방금 아귀를 죽인 것은 백현이 아닌 등 뒤의 남자였고, 백현은 그가 '어떻게' 아귀를 죽인 것인지도 알 수 없었다.

"……이름을 말하면 되는 건가요?"

"계속 뒤돌아 떠들 거냐."

"아뇨."

이제는 돌아봐야겠지.

백현은 천천히 고개를 돌렸다. 남자는 백현의 등 뒤, 고작 몇 걸음 떨어진 곳에 서 있었다.

그는 분명히 눈으로 보이고 있었는데, 이상하게도 백현은 남자가 그곳에 존재함에 대해서 그 무엇도 느낄 수가 없었다. 기척이나 호흡, 냄새…… 그런 것들.

이 정도 거리와 백현의 감각이라면 결코 놓칠 수가 없는 것들이지만, 지금 백현은 남자의 그 무엇도 느낄 수가 없었다.

남자는 칙칙한 색의 로브를 둘렀고, 후드는 쓰지 않았다. 검은 머리카락은 차분하게 가라앉고 얼굴은 평범했다.

"……사람 맞으시죠?"

"갑자기 무슨 소리를 하는 거냐."

넌지시 묻는 질문에 남자의 눈썹이 찡그려졌다.

직접 보고 있기는 하지만, 여전히 아무것도 느낄 수가 없다. 혹시 환영이나 그런 것이 아닐까. 어쩌면 유령?

백현은 슬며시 심안을 뜨고서 남자를 보았다. 그러자 남자가 피식 웃었다.

"꽤 좋은 눈을 가졌구나."

"크흠."

"왜. 내 존재가 의심스러워? 그 정도 눈으로 날 간파할 수는 없을 텐데. 차라리 직접 물어보는 것이 어떠냐?"

"누구세요?"

남자의 말대로였다. 심안으로 남자를 보았지만, '평범했다'. 다른 이들을 볼 때와 비교해서 이상하다 느낄 만한 것은 아무것도 없었다.

그래서는 안 되었다. 백현의 뒤를 잡은 것이나 그를 주박한 것을 볼 때, 남자는 신격과 동등하거나 그 이상의 존재임이 틀림없었다.

"질문은 네가 대답해야지."

남자가 눈을 찡그리며 물었다. 그것만으로 인상이 확 바뀌는 것만 같았다. 또다시 전신이 오싹거렸다.

"……제가 누구인지부터 말하면 되는 건가요?"

"넌 누구고, 어떻게 여기에 온 거냐. 이곳에서 뭘 하고 있었고, 그리고."

로브 안쪽에서 남자의 손이 나왔다.

백현은 남자의 손을 보았다. 손바닥의 굳은살과 불거져 나온 뼈. 폭력적으로 단련된 손이었다.

"내 눈에 비치는 너는 인간인데. 왜 네게 마족…… 아니, 마왕과 같은 '격'이 느껴지는 것인지. 전부 대답해 봐."

"……일단 대답은 할 생각인데요."

"거짓말은 하지 않는 것이 좋을 거야. 난 능숙한 거짓말쟁이고, 거짓말을 간파하는 여러 수단을 가지고 있으니까."

"아뇨. 거짓말은 안 할 건데. 만약에 제가 대답조차 하지 않으면 어떻게 하실 거예요?"

"대답하게 만들겠지."

남자의 입술이 빙긋이 웃음을 지었다. 섬뜩함이 뛰지도 않는 심장을 옥죄는 것만 같았다.

백현은 남자의 '힘'을 느낄 수는 없었다. 하지만 마주하고, '기세'만으로 백현에게 이러한 기분을 느끼게 한 상대는 결코 많지 않았다.

'비슷해.'

힘을 비교해 볼 수는 없겠지만, 백현은 눈앞의 남자에게서 투신과 엇비슷한 격을 느꼈다.

하지만 그 본질은 판이하게 달랐다. 투신이 이빨과 발톱을 숨김없이 내보인 맹수라면, 남자는 이빨을 드러내되 맹독을 감춘 독사 같았다. 결국, 둘 다 포식자의 입장에 선 존재라는 것은 똑같았다.

이런 쪽이 오히려 거북하다. 백현은 남자가 무슨 생각을 하고 있는 것인지 도저히 알 수가 없었다.

여태까지 출수하지 않는 것을 보면 원하는 것이 있는 것 같은데. 단순한 정보인가? 아니, 그것뿐이라면 대답을 들을 방법은 얼마든지 있을 터.

"애써 머리 굴리지 말고, 쉽게 가는 것이 좋지 않을까?"

남자가 비웃으며 물었다.

백현은 겸연쩍은 웃음을 지은 후 솔직하게 대답해 주었다. 스스로 거짓말이 능숙하다 생각하지도 않았고, 섣부른 판단으로 해버린 거짓말로 인해서 남자가 적의를 꺼낼 명분을 주고 싶지도 않았다.

남자는 질문 없이 백현의 말을 쭉 들었다.

무언가 생각을 하는 것 같기는 한데, 표정만으로는 대체 무슨 생각을 하는 것인지 간파할 수가 없었다.

"돌아가고 싶겠군."

돌연 남자가 입을 열었다.

"네?"

"원치 않아 이곳에 왔다는 말 아니야? 왜, 돌아가기 싫으냐?"

"아뇨……. 당연히 돌아가고 싶죠."

백현은 떨떠름한 얼굴로 대답했다. 가만히 이야기만 듣던 남자가 대뜸 저렇게 말해오니 의중을 알 수가 없었다.

남자는 피식 웃으면서 몸을 돌렸다.

"따라와라."

"갑자기요?"

그렇게 물었지만, 대답은 돌아오지 않았다.

갑자기 남자와의 거리가 확 늘어난다. 뛰는 것이 아니고 걷는 것인데도 거리는 계속해서 늘어나고 있었다.

백현은 화들짝 놀라서 바로 땅을 박차 앞으로 뛰었다.

"여기가 어디인지는 아나?"

"아까 마계라고 하지 않으셨어요?"

바로 뒤로 따라붙은 백현을 향해 남자가 물었다. 그는 뒤를 돌아보지도, 서두르지도 않았다. 휘적휘적 걷는 그의 걸음은 산보라도 나온 것처럼 유유자적했다.

백현은 아귀가 마계에 산다던 남자의 말을 떠올리며 고개를 갸웃거렸다.

"아귀가 마계의 저급한 괴물들이라 말하기는 했지만, 이곳은 마계가 아니야."

남자가 피식거리며 웃었다.

"뭐라고 해야 할까……. 경계? 그다지 와닿지는 않는군. 그래, 되다 만 마계라고 생각해라."

"……되다 말았다고요?"

"여기는 한때 명계라고 불렸던 곳이다."

남자가 대수롭지 않다는 투로 말했다. 그 말에 백현의 눈이 휘둥그레 떠졌다.

"여기가 저승이었다고요?"

"한때는 말이지. 왜? 그게 그리 놀라운 일인가?"

"어…… 보통은 놀라지 않을까요."

도원경은 이승과 저승의 경계에 있었다.

여휘는 가끔 스승을 찾아와, 삼도천 너머의 악귀들을 토벌해 달라는 부탁을 하곤 했었다. 그렇다면 여기가 그곳인가?

"세상이 한두 개가 아닌데, 설마 저승이 하나뿐이라는 멍청한 생각을 하고 있는 것은 아니겠지?"

"……."

뒤를 힐긋 돌아보며 이죽거리는 말에 백현의 입술이 꾹 다물렸다.

"그렇게 멍청해 보이지는 않았는데."

"아 좀 그럴 수도 있지……."

대놓고 긁어대는 말에 백현은 작은 소리로 중얼거렸다. 못 들을 것이라 생각하고 한 말은 당연히 아니었다.

"그러면, 한때 명계였던 여기가 왜 이렇게 된 건가요?"

"마왕에게 정복당했기 때문이다."

남자의 걸음이 멈추었다. 그는 마주 선 큼직한 바위를 향해 다가가더니 손을 뻗었다.

그러자 바위가 쩍 하고 갈라졌고, 사람이 들어갈 만한 통로가 생겨났다.

"여기가 당신의 집인가요?"

"아니. 임시로 쓰고 있는 곳이다."

백현은 통로 너머의 계단으로 걸어 들어가는 남자의 뒤를 따랐다. 계단은 꽤 깊은 곳까지 이어져 있었다.

"저한테 뭘 바라시는 거예요?"

슬쩍 물어보았다. 이야기를 듣고도 공격하지 않고, 이곳까지 데리고 온 것을 보면 뭔가 바라는 것이 있는 것은 명확한데. 남자는 아직까지 자신의 요구 사항을 말하지 않고 있었다.

심지어는 자기가 누구인지조차도 말하지 않고 있었다.

"생각 중이야."

계단이 끝났다. 바위 속 지하는 거주 공간으로 충분하게 꾸며져 있었다.

남자는 몸에 두른 로브를 벗어 대충 던져두었다.

그러는 동안 백현은 천장에 둥둥 떠 있는 야명주를 힐긋거리며 쳐다보고 있었다.

"네가 아까 한 말에 거짓은 없었지만, 그것과 내가 널 신뢰할 수 있는가는 전혀 다른 문제니까."

남자가 손을 휘저었다. 그러자 의자 두 개가 붕 떠올라 백현과 남자의 앞에 놓였다.

남자는 경계 없이 앉아 다리를 꼬았고, 백현은 앉지 않고 남자를 물끄러미 바라보았다.

"앉아. 괜히 경계하지 말고. 널 죽이거나 제압하려 했다면 진즉에 할 수 있었으니 말이야."

잠시 남자를 쳐다보던 백현은 얌전히 자리에 앉았다. 그 즉시 남자가 질문을 건넸다.

"어비스, 혼돈, 군주들. 그것들은 나도 알아. 하지만 네 존재는 잘 모르겠어."

"뭐가요?"

"네 힘은 어비스와 그곳의 군주들에게서 비롯된 것이 아니잖아. 넌 대체 뭐냐?"

질문할 것이라고는 예상했다. 남자는 백현을 신뢰할 수 있는가를 판가름하는 중이다. 이제 와서 거짓말을 하는 것은 무의미했다.

"도원경?"

남자의 눈썹이 위로 올라갔다. 그는 잠시 동안 백현을 응시하더니, 무엇이 즐거운지 피식거리며 웃었다.

그 갑작스러운 반응에 백현은 의아함을 느꼈지만, 괜히 묻지 않고 가만히 남자의 웃음이 멎는 것을 기다렸다.

"재미있는 인연이야."

남자는 웃음기 남은 목소리로 중얼거렸다.

"그렇다면 네 스승은, 널 내보내고서 등선했겠군. 그가 어디로 갔는지는 알고 있나?"

"알다마다요. 어쩌다 다시 만나기도 했는걸요."

"투신과도 만났나?"

남자가 큭큭 웃으며 물었다.

하다 보면 된다. 백현은 투신이 대충 던져준 말을 떠올리면서 고개를 끄덕거렸다.

"투신을 아시나 봐요?"

"알지. 직접 만난 적은 없지만."

"저, 물어보는 것이 늦었는데. ……누구세요?"

남자가 제법 기분이 좋아 보였기 때문에, 백현은 슬쩍 그것에 대해 물어보았다.

그 질문에 남자가 피식거리며 웃었다.

"이름을 물어보는 거냐?"

"서로 통성명이나 하자는 거죠. 당분간 같이 지내야 할 것 같은데."

"하긴. 아직 이름도 알려주지 않았었군. 난 아진이라고 한다."

들어본 적이 없는 이름이었다. 선계와 투신과 연관이 있는 인물인가?

백현은 기억을 더듬었다. 하지만 아진이라는 이름은 여태까지 들은 적이 없다.

"머리 굴려봐야 알 수 없을 거야. 나는 그리 유명하지 않거든. 네가 선계와 관련되어 있다니 잘됐어. 스승이 등선했다는 말도 거짓은 아닌 것 같고……. 마지막으로 하나만 더 묻지. 집으로 돌아가고 싶나?"

"당연하죠."

"그렇다면 내게 협력해라."

아진이 백현을 응시했다. 아직 가시지 않은 웃음기가 아진의 눈매를 둥근 곡선으로 만들고 있었다.

하지만 눈동자는 여전히 독사처럼 섬뜩했다. 그는 지금 백현에게 부탁을 건네는 것이 아니었다.

"……어떤 협력을 말하시는 건데요?"

"아까도 말했지만, 예전에 이곳은 명계였다. 하지만 지금은 마계에 점령되었지."

"네."

"나야 이곳을 자유자재로 오갈 수 있지만, 넌 불가능해. 네가 이 세계를 탈출하기 위해서는 마왕성의 지하에 있는 '문'을 지나야 한다."

'마왕성'이라는 말에 백현은 진득하니 불길한 예감을 느꼈다.

"당연한 말이지만, 성에 자리 잡은 마왕과 마족들은 네가 얌전히 문을 지나게 해주지 않을 거야. 네가 가진 인장은 마왕조차 탐내는 물건이니, 네가 아무리 부탁해 봐야 그들은 널 죽이고 인장을 뺏으려 들 거다. 그렇게 되면 인간인 너는 마계의 공기에 질식해 죽게 될 거고."

"……설마 저보고 마왕과 싸우란 말은 아니시죠?"

"그렇게 하라고 한다면 싸울 테냐?"

아진이 웃으며 되물었다.

그 질문에 백현은 제법 진지하게 고민해 보았다. 하지만 답이 뻔한 고민이었다.

"승산이 있다면 그것도 나쁘진 않겠지. 하지만…… 글쎄. 네가 마왕과 싸운다면, 넌 반드시 죽어. 이곳은 이미 마계의 식민지로 점령된 곳이다. 마왕이 아무런 페널티 없이 힘을 과시할 수 있는 곳이란 말이지.”

“……그럼 제가 뭘 해야 하나요?”

“간단해. 문으로 가서, 문을 열고, 문을 지나기 전에…… 문을 부숴. 그게 전부다.”

결국, 마왕성으로 들어가야 한다는 말이었다.

말이야 쉽지.

백현의 표정이 구겨졌다. 마왕성 지하에 있다는 문까지 가는 것만 해도 결코 쉽지 않을 것이 분명한데, 문까지 부수라니.

“왜 제게 그런 일을 시키시는 거죠? 당신이 직접 한다면 훨씬 쉬울 것 같은데.”

“내가 할 수 있었다면 너한테 이런 말도 하지 않았겠지. 나에게 아무 필요도 없는 널 살려두지도 않았을 테고 말이야.”

이죽거리는 말에 백현은 쩝 입맛을 다셨다.

쭉 느끼는 것이지만, 아진은 사람 속을 긁고 비꼬는 것에 남다른 조예가 있는 듯싶었다.

“이곳에서야 힘을 쓰는 것에 큰 문제는 없지만, ‘진짜’ 마계의 영역에 들어간다면 내 힘은 크게 줄어들어.”

“왜요?”

“그곳이 마왕의 영지기 때문이다.”

마왕이라고 해봐야 초월자나 신격 수준 아닌가? 백현은 고개를 갸웃거렸다.

백현이 느낀 아진은 투신과 크게 차이 나지 않는 격을 지니고 있었고, 그 말인즉슨 아진 역시 절대신격이나 그에 준하는 존재라는 것이다. 그런 존재가 마왕의 영지라 해서 힘이 줄어든다는 것이 의아했다.

"그래서 네가 필요한 거다."

아진이 천천히 손을 들어 올렸다.

화륵!

검붉은 불길이 아진의 손을 휘감았다.

"지금의 네가 마왕의 영지로 들어간다면, 도처에 즐비한 마족들이 너와, 네가 가진 인장을 감지하고서 덤벼들 거다. 넌 강하긴 하지만…… 한 손으로 열 손을 감당하는 것도 정도가 있는 법이야. 마왕이 직접 나선다면 말할 것도 없는 일이고."

"그럼 어떡하죠?"

"방법도 알려주지 않고 가서 뒈지란 말은 안 해. 마침 너와 내 이해가 맞아떨어지고 있고. 너 정도라면 충분하지."

아진의 손을 휘감은 불길이 둥그런 원으로 빚어졌다.

"나와 계약해라."

그 말 역시, 거절을 허락하지 않는 강요였다.

To Be Continued

Wish Books
崑崙霸仙
곤륜패선
윤신현 신무협 장편소설
WISHBOOKS ORIENTAL FANTASY STORY
선대의 안배로 인해 시공간의 진에 갇힌
곤륜의 도사 벽우진.
"……뭐야? 왜 이렇게 되어 있어?"
겨우겨우 탈출해서 나온 그의 눈에 보이는 것은!
"정말, 정말 멸문했다고? 나의 사문이? 천하의 곤륜파가?"
강자존의 세상, 강호.
무너진 곤륜을 재건하기 위해 패선이 돌아왔다!
곤륜패선(崑崙霸仙)
'이왕 할 거면 과거보다 더 나은 곤륜파를 만들어야지.'

Wish Books
만렙 플레이어
비츄 게임 판타지 장편소설
가상현실 게임 올림푸스에 드디어 입성했다.
그런데…… 납치라고!?
강제로시작된 20년간의 지옥 같은 수련 끝에
마침내 레벨 99가 되었다.
그렇게 자유를 만끽하려던 순간.
정상적인 경로를 통한 레벨 업이 아닙니다.
시스템 오류로 레벨이 초기화됐다.
"이게 무슨 개 같은 소리야!!"
그런데, 스탯은 그대로다?!
게다가 SSS급 퀘스트까지!
한주혁의 플레이어 생활은
이제부터가 시작이다!

Wish Books
만 년 만에 귀환한 플레이어
나비계곡 퓨전 판타지 장편소설
WISHBOOKS FUSION FANTASY STORY
어느 날, 갑작스럽게 떨어진 지옥.
가진 것은 살고 싶다는 갈망과 포식의 권능뿐.
일천의 지옥부터 구천의 지옥까지.
수십만의 악마를 잡아먹고 일곱 대공마저 무릎 꿇렸다.
"어째서 돌아가려 하십니까?"
"김치찌개가… 김치찌개가 먹고 싶다고."
먹을 것도, 즐길 것도 없다.
있는 거라고는 황량한 대지와 끔찍한 악마뿐!
"난 돌아갈 거야."
「만 년 만에 귀환한 플레이어」

Wish Books
나는 될 놈이다
글쓰는기계 게임 판타지 장편소설
WISHBOOKS GAME FANTASY STORY
판타지 온라인의 투기장.
대장장이로 PVP 랭킹을 휩쓴 남자가 있다?
"아니, 어디서 이런 미친놈이 나타나서……."
랭킹 20위, 일대일 싸움 특화형 도적, 패배!
"항복!"
'바퀴벌레'라고 불릴 정도로
끈질긴 생명력을 가진 성기사조차 패배!
"판타지 온라인 2, 다음 달에 나온다고 했지?"
평범함을 거부하는 남자, 김태현!
그가 써내려가는 신개념 게임 정복기!